WITHDRAWN
PRINT

Cathy Williams
Un hombre imposible

HARLEQUIN™

Editado por HARLEQUIN IBÉRICA, S.A.
Núñez de Balboa, 56
28001 Madrid

I.S.B.N.: 978-84-9010-869-7
Depósito legal: M-13072-2012
Editor responsable: Luis Pugni
Fotomecánica: M.T. Color & Diseño, S.L. Las Rozas (Madrid)
Impresión en Black print CPI (Barcelona)
Fecha impresion para Argentina: 17.12.12
Distribuidor exclusivo para España: LOGISTA
Distribuidor para México: CODIPLYRSA
Distribuidores para Argentina: interior, BERTRAN, S.A.C. Vélez
Sársfield, 1950. Cap. Fed./ Buenos Aires y Gran Buenos Aires,
VACCARO SÁNCHEZ y Cía, S.A.
Distribuidor para Chile: DISTRIBUIDORA ALFA, S.A.

Capítulo 1

MATT ojeó el improvisado currículum que tenía ante sí y frunció sus sensuales labios. No sabía por dónde empezar. La variopinta lista de empleos, de duración asombrosamente corta, hablaba por sí sola. Al igual que el perfil académico, breve y ordinario. En circunstancias normales habría tirado la solicitud a la papelera sin molestarse siquiera en leer el perfil personal escrito a mano que figuraba al final del documento. Desgraciadamente, aquellas no eran circunstancias normales.

Finalmente posó su mirada en la chica que estaba encaramada en el asiento frente a él al otro lado del escritorio de caoba.

–Ocho empleos –se apartó del escritorio y se quedó en silencio mientras redactaba mentalmente lo que iba a decir a continuación.

Tess Kelly venía recomendada por su hermana y, no gozando él de una situación que le permitiera ser exigente, estaba entrevistándola para el puesto de niñera de su hija.

Por lo que podía ver, Tess Kelly no solo carecía por completo de experiencia relevante, sino que además parecía no estar muy dotada desde el punto de vista académico.

Ella le devolvió la mirada con sus enormes ojos verdes y se mordió el labio inferior. Puede que él tuviera las manos atadas, pero no por eso le iba a facilitar el proceso.

–Sé que no suena bien...

–Tiene usted veintitrés años y ha tenido ocho empleos. Creo que no soy injusto si digo que es una barbaridad.

Tess apartó la mirada de los fríos y oscuros ojos que la observaban. El escrutinio la estaba poniendo nerviosa. ¿Qué demonios estaba haciendo allí? Había llegado a Nueva York hacía tres semanas y estaba viviendo con su hermana mientras decidía qué hacer con su vida. Esas habían sido las palabras de despedida de sus padres en el aeropuerto antes de poner rumbo al otro lado del Atlántico.

–Tess, tienes veintitrés años –le había dicho su madre con firmeza–. Y todavía no tienes ni idea de qué quieres hacer con tu vida. A papá y a mí nos gustaría que sentaras la cabeza, que encontraras algo que hacer y a lo que te quieras dedicar más de cinco minutos... Claire conoce al dedillo el mundo de los negocios; ella podrá ayudarte. Además, te sentará bien pasar el verano en un lugar distinto...

Nadie le había comentado que parte del proceso incluía aceptar un trabajo de niñera. Nunca en su vida había trabajado con niños ni había demostrado interés en hacerlo. Y, sin embargo, ahí estaba, sentada frente a un hombre que le resultaba atemorizador. Desde el momento en que oyó su voz aterciopelada y lo vio apoyado en el marco de la puerta, inspeccionándola, sintió un escalofrío de aprensión. Había esperado encontrarse a un hombre gordo y de mediana edad. Al fin y al cabo, era el jefe de su hermana. Era el propietario y gerente de la empresa y, según Claire, no se andaba con chiquitas.

¿Cómo podía ser todo esto y tener nada más que treinta y tantos años? Además, no solo era joven, sino que además era increíble, verdadera, sensacionalmente guapo.

Pero su frialdad era aterradora y su perfecta estructura ósea indicaba que no sonreía jamás. Tess se preguntó cómo se las arreglaba su hermana para trabajar con él sin sufrir ataques de nervios.

–En cuanto a sus cualificaciones... No tiene nada que ver con su hermana. Claire posee una licenciatura *cum laude* y dirige el departamento jurídico de mi empresa. Usted cuenta con... a ver... el bachillerato terminado con una nota mediocre y un curso de formación en arte.

–Es que yo no soy Claire, señor Strickland –se defendió ruborizándose–. Claire y Mary sacaban muy buenas notas en el colegio y...

–¿Quién es Mary?

–Mi otra hermana. Es médico. Las dos han triunfado en la vida. Pero no todos tenemos las mismas aptitudes.

Tess, que era jovial por naturaleza, empezaba a odiar a aquel hombre. Desde sus primeras palabras: «llegas media hora tarde y yo no tolero la impuntualidad» hasta su infundada suposición de que ella era una fracasada. No la había expresado con esas palabras, pero estaba reflejada en la expresión desdeñosa de sus oscuros y glaciales ojos.

–Bueno, dejémonos de ceremonias y vayamos al grano. Está aquí porque no tengo elección. No sé qué le habrá contado Claire exactamente, pero le voy a explicar la situación. Mi exmujer falleció hace unos meses y desde entonces tengo la custodia de mi hija Samantha, que tiene diez años. Durante ese tiempo hemos visto pasar a tantas niñeras como trabajos ha tenido usted. En consecuencia, la agencia ha terminado por cerrarme las puertas. Tengo tres empleados en mi casa, pero ninguno es idóneo para este trabajo. Podría seguir buscando, pero francamente, se trata de un empleo de tres meses y va a resultar difícil encontrar a una niñera profesional dispuesta a aceptar un trabajo de tan poca duración. Lo importante en mi caso, señorita Kelly, es el tiempo. Trabajo muchísimas horas al día. No tengo ni el tiempo ni la capacidad de ocuparme de ella. Su hermana me habló de usted; dice que es una persona muy sociable. Por eso está aquí, a pesar de sus obvias limitaciones.

Matt volvió a repasar la cadena de acontecimientos que lo habían llevado a su situación actual. Divorciado durante ocho años, estaba bastante distanciado de su hija. Catrina, su exmujer, se había ido a vivir a Connecticut un año después de que les concedieran el divorcio y le había puesto tan difícil el visitar a la niña que padre e hija no habían desarrollado lazos afectivos. De pronto, seis meses atrás, Catrina había muerto en un accidente de coche, y Samantha, a la que nunca había llegado a conocer, había aparecido ante su puerta resentida, acongojada por la muerte de su madre y silenciosamente hostil.

Varias niñeras habían entrado y salido de la casa y él se hallaba en una situación desesperada.

–Lo siento muchísimo, Claire no me dio detalles. Qué lástima me da su hija –se lamentó Tess parpadeando para evitar que se la cayeran las lágrimas–. No me sorprende que le esté costando tanto acostumbrarse a su nueva vida.

Sorprendido por su emotividad, Matt abrió el cajón de la mesilla, sacó una caja de pañuelos de papel y se la tendió.

–Aunque usted no es, en mi opinión, la candidata ideal... –continuó temiendo que Tess se echara a llorar.

–Me imagino que le preocupa que haya tenido tantos empleos... –Tess estaba dispuesta a concederle el beneficio de la duda. Puede que fuera un hombre duro e intimidante, pero se encontraba en una situación difícil y quería, con razón, encontrar a una persona que no le fallara.

–Exacto. A Samantha no le conviene alguien que se marche al cabo de unos pocos días porque se aburre. ¿Sería capaz de hacer lo posible para que esto funcione?

–Sí, claro.

Lo miró. A pesar de su implacable expresión, no podía negar que era un hombre guapo, casi hasta el punto de resultar bello. Sintió una oleada de calor y apartó la mirada, incómoda, mientras retorcía el pañuelo entre sus dedos.

–Convénzame.

–¿Cómo dice?

–Puede que no tenga elección, señorita Kelly, pero en cualquier caso me gustaría que me convenciera de que no estoy a punto de cometer un error. Vale que su hermana la ponga por las nubes, y yo me fío de Claire, pero... –se encogió de hombros y se apoyó en el respaldo del asiento– quiero que me convenza.

–Yo no dejaría a nadie en la estacada, se lo aseguro, señor Strickland. Sé que piensa que no soy constante y seguramente mi familia estaría de acuerdo, pero quiero que sepa que me he hecho indispensable en muchos de mis trabajos. Creo que nunca he dejado a nadie colgado. En realidad, lo puedo afirmar con total seguridad. Cuando dejé el empleo de recepcionista en Barney e hijo, Gillian me sustituyó en seguida. Si le soy sincera, creo que todos se quedaron aliviados cuando decidí marcharme. Me pasaba la vida enviando a la gente al departamento equivocado.

–Trate de no irse por las ramas.

–Está bien. Lo que trato de decir es que puede usted confiarme el cuidado de su hija. No le fallaré.

–¿A pesar de que no tiene experiencia y de que pueda acabar aburriéndose en la compañía de una niña de diez años?

–No creo que los niños sean aburridos. ¿Usted sí?

Matt se sintió molesto. ¿Se aburría con Samantha? Tenía muy poca experiencia en el asunto así que no podía contestar. Su relación con su hija era, como mínimo, tensa. La comunicación era intermitente y parecía separarlos un abismo infranqueable. Se trataba de una niña malhumorada y poco comunicativa y él, por su parte, no era ningún sentimental.

–¿Cómo piensa ocuparse de ella? –preguntó saliendo de su breve pero intenso ensimismamiento para centrarse en Tess.

Tenía un rostro fascinante que no ocultaba nada. En ese momento, mientras reflexionaba su respuesta, tenía el ceño fruncido, los labios entreabiertos, la mirada distante. Tess Kelly no era el tipo de mujer que había imaginado. Claire era alta, brusca, eficiente e invariablemente enfundada en un traje de chaqueta. La chica que tenía ante él parecía no saber lo que era un traje sastre. En cuanto a su pelo... No llevaba una de esas melenas cortas y arregladas que estaban tan de moda. Al contrario, tenía el cabello largo. Increíblemente largo. En varios momentos había estado a punto de inclinarse para comprobar por dónde le llegaba exactamente.

—Bueno, supongo que la llevaría a los sitios típicos: museos, galerías de arte... Y también al cine y al zoo. Me encanta Central Park, podríamos ir allí. Seguro que echa de menos su casa y sus amigos, por lo que me encargaría de mantenerla ocupada todo el tiempo.

—¿Y qué hay de los deberes del colegio?

Tess parpadeó y lo miró, confusa.

—¿Qué deberes? Estamos en vacaciones.

—La educación de Samantha se vio gravemente interrumpida debido a la muerte de Catrina, como podrá imaginar. Su venida a Nueva York no ha hecho sino empeorar las cosas. No tenía sentido apuntarla a un colegio aquí teniendo en cuenta que no iba a poder asistir con regularidad, y los profesores particulares que le busqué se fueron como vinieron. En consecuencia, su formación está incompleta, algo que tiene que solucionarse de cara a los exámenes de admisión para el nuevo colegio, que tendrán lugar en septiembre.

—Essstá bien... ¿y qué puedo hacer yo al respecto? —preguntó Tess mirándolo con expresión ausente.

Él chasqueó la lengua con impaciencia.

—Pues va a tener que encargarse de eso también.

—¿Yo? —se quejó Tess, consternada—. No puede pretender que me convierta en profesora particular. Usted ha visto mi currículum. ¡Si hasta se ha burlado de mi falta de cualificaciones!

La idea de tratar de enseñarle algo a alguien la horrorizaba. No era nada estudiosa. Se ponía nerviosa solo de pensar en libros de texto. Siendo la más pequeña de tres chicas había crecido bajo la sombra de sus inteligentes hermanas, y desde su más tierna infancia había lidiado con el problema renunciando a emularlas. Nadie podría acusarla de ser torpe si se negaba a competir. Y sabía perfectamente que jamás podría competir con Claire o Mary. ¿Cómo podía él esperar que se convirtiera en profesora, así de pronto?

–Lamento haberle hecho perder el tiempo, señor Strickland –dijo poniéndose en pie bruscamente–. Si parte del trabajo consiste en hacer de profesora me temo que voy a tener que rechazarlo. No puedo hacerlo. Claire y Mary son las listas de la familia, no yo. Nunca he ido a la universidad, ni he tenido ganas de hacerlo. Hice un curso de formación profesional en arte cuando tenía dieciséis años; eso es todo. Usted necesita a otra persona.

Matt la miró con los ojos entornados y la dejó hablar sin cortapisas. Finalmente, con mucha calma, le pidió que volviera a sentarse.

–Me hago cargo de su falta de competencias académicas. Usted odiaba el colegio.

–¡No lo odiaba!

Aunque en un principio no había deseado el empleo, se dio cuenta de que de pronto quería conseguirlo. La tragedia de la niña la había conmovido. La idea de que fuera tan joven y dependiente de un padre adicto al trabajo le había llegado al alma. Por primera vez quería formar parte de todo aquello.

–Simplemente no se me daban bien los libros.

–No siento mucho respeto por la gente que se da por vencida antes de intentarlo. No le estoy pidiendo que dé clases en la universidad, sino que ayude a Samantha en las asignaturas básicas: matemáticas, lengua, ciencia. Si está tratando de convencerme de que tiene interés en este empleo, no lo está enfocando bien.

–¡Simplemente trato de ser sincera! Si no quiere

emplear a más profesores, ¿por qué no la ayuda usted mismo a hacer los deberes? Usted dirige una empresa, seguro que tiene cualificaciones. ¿O quizá no necesita las matemáticas en su trabajo? Algunos niños no rinden con profesores particulares; puede que sea el caso de su hija.

–Samantha podría rendir perfectamente si estuviera dispuesta a esforzarse. Pero no es el caso. A lo mejor le vendría bien una enseñanza menos estructurada. Y no, yo no puedo ayudarla. Apenas tengo tiempo de dormir. Salgo de este apartamento a las siete y media de la mañana, antes de que viniera Samantha lo hacía una hora antes, y hago lo posible por regresar a las ocho cuando no estoy de viaje. Y me cuesta un gran esfuerzo.

Tess lo miró, horrorizada.

–¿Trabaja desde las siete y media de la mañana hasta las ocho de la noche? ¿Todos los días?

–Me relajo durante el fin de semana –repuso él con indiferencia.

Matt no conocía a nadie que considerara que aquel horario de trabajo fuera anormal. Los triunfadores de su empresa, y había varios, se ajustaban a horarios de locos sin protestar. Se les pagaban unos salarios fabulosos y punto.

–Lo siento. Pero me da usted muchísima pena.

–Perdone, ¿me puede repetir lo que ha dicho? –Matt no podía creer lo que acababa de oír. Si no hubieran estado hablando de algo tan importante, se habría reído a carcajadas. Nunca, jamás de los jamases, le había dado pena a nadie. Al contrario. Nacido en una familia rica y poderosa, se le habían abierto todas las puertas. No tenía hermanos, por lo que la tarea de ocuparse de la fortuna familiar había recaído exclusivamente sobre sus hombros, y no solo había conservado los billones sino que había tomado una serie de medidas que habían aumentado espectacularmente su valor.

–No se me ocurre nada peor que ser esclavo del trabajo. Pero me estoy yendo por las ramas. Me preguntaba por qué no ayuda a Samanta con los deberes usted mismo si piensa que las clases particulares no funcionan, pero veo que no tiene tiempo.

–Bien, me alegra que estemos de acuerdo.

–¿Le importa si le pregunto algo? –se aventuró Tess carraspeando–. ¿Cuándo le dedica tiempo a su hija con ese horario que tiene?

Matt se la quedó mirando, incrédulo. La franqueza de la pregunta lo había dejado descolocado. Además, no estaba acostumbrado a que las mujeres le hicieran preguntas de carácter personal.

–No sé qué tiene esto que ver con mi trabajo –dijo severamente.

–Pues mucho. No me cabe duda de que usted tiene un tiempo reservado para ella y no me gustaría importunar. Pero no veo claro cuándo le dedica ese tiempo especial si trabaja todos los días de siete y media a ocho y descansa solo un poco los fines de semana.

–No calculo el tiempo que paso con Samantha –respondió con frialdad–. Muchos fines de semana vamos a The Hamptons para que vea a sus abuelos.

–Qué agradable –comentó Tess sin mucha convicción.

–Y ahora que hemos aclarado ese punto, hablemos de su horario –dijo dando golpecitos en la mesa con el boli–. La quiero aquí cada mañana a las siete y media como muy tarde.

–¿A las siete y media?

–¿Algún problema?

Tess permaneció en silencio y él la miró con las cejas enarcadas.

–Me tomo su silencio como una negativa. Es una exigencia del puesto. Ocasionalmente, y en caso de emergencia, podría pedir a alguno de mis empleados domésticos que la sustituyan, pero solo puntualmente.

Tess siempre había sido puntual en sus trabajos si bien ninguno de ellos le había obligado a levantarse al alba. No le gustaba madrugar, pero le daba la sensación de que él eso no lo entendería.

–¿Todos sus empleados trabajan muchas horas? –preguntó débilmente y a Matt le dieron ganas de soltar una carcajada. Su rostro descompuesto era como un libro abierto.

–No les pago una fortuna para que estén pendientes del reloj –contestó con gravedad–. ¿Me está diciendo que nunca ha hecho horas extra?

–Nunca me ha hecho falta. Claro que nunca me han pagado una fortuna por nada de lo que he hecho. Tampoco me importa, pues el dinero no me interesa demasiado.

Aquello despertó la curiosidad de Matt, a su pesar. ¿Era aquella mujer del mismo planeta que él?

–¿De veras? –preguntó, escéptico–. La felicito. Es usted única en su especie.

Tess se preguntó si había sido un comentario sarcástico, pero al pasear la vista por el lujoso apartamento, en el que lo clásico combinaba sabiamente con lo moderno, y donde cada obra de arte, cada alfombra delataban la opulencia de su dueño, se percató de que seguramente se había quedado genuinamente perplejo ante su indiferencia por el dinero. Tampoco sentía mucho respeto por aquellos para los que el dinero es una propiedad. Como, por ejemplo, Matt Strickland. Aunque apreciaba que fuera inteligente y ambicioso, su lado duro y cortante la dejaba bastante fría.

Pero al mirar de refilón su atractivo rostro el corazón le latió a más velocidad de la normal.

–Se ha quedado callada. ¿Acaso desaprueba todo esto? –preguntó barriendo el aire con un gesto de la mano. Aquella mujer decía tanto con sus silencios como con sus palabras, lo cual no le disgustaba.

–Es muy cómodo...

–¿Pero?

–A mí me gustan más las casas pequeñas y acogedoras, como la de mis padres. Bueno, tampoco es tan pequeña, pues vivíamos cinco personas. Pero creo que cabría entera en una parte de este apartamento.

–¿Todavía vive con ellos?

Le entró la curiosidad. ¿Qué hacía una mujer de veintitrés años viviendo en casa de sus padres? ¿Una mujer de veintitrés años que además era increíblemente bonita? Sus enormes ojos verdes dominaban su rostro en forma de corazón. Su cabello largo era del color del caramelo y... Deslizó la mirada lentamente hacia los pechos rotundos, que rellenaban la camiseta. Entre esta y los vaqueros gastados que enfundaban unas piernas delgadas vislumbró un estómago liso.

Molesto por la distracción, Matt se puso en pie y comenzó a caminar de un lado a otro del despacho.

–Sí... de momento –balbuceó Tess, avergonzada de pronto.

–¿Nunca ha vivido sola?

La incredulidad que advirtió en su tono le hizo mirarlo con rabia. Decidió que era un hombre odioso. Odioso y crítico.

–¡Nunca he tenido necesidad de hacerlo! –exclamó–.

No fui a la universidad, ¿por qué iba a alquilar un piso cuando podía seguir viviendo en casa?

Se dio cuenta al oírse a sí misma de lo deprimente que sonaba. Veintitrés años y todavía viviendo con papá y mamá. Lágrimas de ira asomaron a sus ojos y parpadeó varias veces para impedir que cayeran.

—¿Y nunca ha sentido la necesidad de echar a volar y hacer algo diferente? ¿O se dio por vencida antes de desafiarse a sí misma?

Tess se había quedado pasmada ante su propia reacción. Nunca había sido una persona violenta, pero en aquel momento con gusto le habría tirado algo a la cara. Pero no lo hizo. Se quedó sumida en un silencio iracundo.

—No sé qué tiene que ver mi vida personal con este trabajo —contestó evitando mirarlo.

—Estoy tratando de hacerme una idea de qué tipo de persona es usted. Al fin y al cabo, va a estar a cargo de mi hija. No trae referencias profesionales y necesito asegurarme de que no va a suponer ningún peligro. ¿Quiere que le cuente las conclusiones a las que he llegado hasta ahora?

Tess se preguntó si tenía elección.

—Es usted perezosa. Está descentrada. Le falta confianza en sí misma y no parece importarle. Vive en casa de sus padres y no se le ha ocurrido pensar que a lo mejor a ellos no les gusta la situación tanto como a usted. Consigue empleos y los abandona porque no está dispuesta a esforzarse. No soy psicólogo, pero creo que su problema es que piensa que nunca fracasará si no se molesta en tratar de conseguir algo.

—Lo que ha dicho es horrible —dijo, aunque sabía que tenía parte de razón—. ¿Por qué me está entrevistando para este trabajo si tiene una opinión tan mala de mí? ¿O acaso ha terminado la entrevista? ¿Es esta su manera de decirme que no he conseguido el empleo? Pues entonces yo también le voy a decir lo que pienso de usted –tomó aire y se puso en pie, iracunda–. Es usted grosero y arrogante. Piensa que por tener mucho dinero puede tratar a la gente como le dé la gana. Creo que es espantoso que trabaje tantas horas en lugar de dedicárselas a su hija, que le necesita. Usted no sabe cómo entregarse a otra persona.

Su respiración se había vuelto entrecortada por el esfuerzo de expresar unos sentimientos que no sabía que albergaba. Lo peor era que no se sentía mejor consigo misma.

–¡Y no soy perezosa! –concluyó desinflándose como un globo–. Así que si eso es todo –añadió tratando de hacer acopio de algo de dignidad–, me marcho.

Matt sonrió y Tess se quedó tan atónita que permaneció clavada en su sitio.

–Tiene usted temperamento. Me gusta. Lo va a necesitar para lidiar con mi hija.

–¿Có-cómo?

Él le señaló la silla y se arrellanó en su asiento.

–Es saludable oír críticas de vez en cuando. No recuerdo cuándo fue la última vez que alguien levantó la voz en mi presencia.

«Especialmente, una mujer», podía haber añadido. Como si se le hubiera encendido una lucecita en la cabeza, reparó en las mejillas ruborizadas de Tess. Se le había soltado el cabello, que le caía desparramado por los hombros rozando sus pechos y llegando casi hasta la cintura. Trataba de recobrar la compostura, pero sus pechos seguían subiendo y bajando, agitados.

Se sorprendió al notar que el miembro se le endurecía. ¡Cielos, tenía novia! Una mujer inteligente y poderosa que entendía a la perfección las presiones de su trabajo porque ella tenía uno igual y estaban en la misma onda. Una mujer diametralmente opuesta a la criatura de ojos verdes que tenía delante. Vicky Burns era una mujer centrada, ambiciosa y altamente cualificada. ¿Por qué diablos estaba pensando en el aspecto de Tess Kelly sin ropa, cubierta tan solo por su largo cabello?

Escribió unos números en un trozo de papel y se lo tendió. Tess se inclinó hacia delante para tomarlo y a Matt se le fueron los ojos hacia su escote. Dando un suspiro de frustración, se frotó los ojos y giró su silla para quedar de cara al ventanal.

–Esto es demasiado, señor Strickland. No puedo aceptarlo.

–¡No sea ridícula! –enfadado consigo mismo por su desacostumbrada falta de autocontrol, Matt había adoptado un tono más cortante del que pretendía–. Es perfectamente razonable. Le estoy pidiendo que desempeñe un trabajo importantísimo y por ese dinero espero que haga horas extra. Una cosa más. Tendrá que vestir adecuadamente. Ropa más holgada. Le resultará más práctica con este calor, sobre todo si piensa realizar actividades al aire libre.

–Es que no tengo ropa holgada.

–Pues tendrá que comprársela. No le supondrá un problema insuperable, Tess. Le daré acceso a una cuenta que cubrirá todos los gastos relacionados con el trabajo. Úsela –se puso en pie, de nuevo en control de la situación–. Ahora ha llegado el momento de que conozca a mi hija. Está arriba, en su dormitorio. Le mostraré la cocina, para que se vaya familiarizando. Hágase un café mientras voy a buscarla.

Tess asintió. Tras la dura entrevista, la idea de conocer a Samantha no le resultaba tan intimidante.

El apartamento ocupaba dos plantas del edificio. Matt la condujo a una cocina tan moderna como opulento y antiguo era el resto del piso. Las encimeras de granito refulgían, desprovistas de trastos culinarios. Tess supuso que se metería en líos si trataba de guisar en aquella cocina de revista.

–Póngase cómoda –insistió él, mirándola con expresión de guasa–. No muerden. En los armarios encontrará té y café, y en la nevera... –indicó señalando un objeto camuflado entre el resto de mobiliario– debería de haber leche. Mis empleados se encargan de que haya de todo, especialmente ahora que Samantha vive conmigo. Si está de suerte, hasta encontrará galletas.

–¿No sabe lo que hay en su propia cocina?

Matt sonrió y Tess experimentó una visión desconcertante de lo que sería aquel hombre sin su manto de arrogancia. Alguien peligrosamente sexy.

–Terrible, ¿no le parece? Quizá podría incluir esto en su próximo discurso sobre mis defectos.

Tess sonrió débilmente. Comenzaba a oír en su interior remotas campanas de alarma, pero no era consciente del peligro que anunciaban.

Capítulo 2

B UENO, ¿qué te ha parecido? ¿Has conseguido el trabajo?

Claire la estaba esperando. Tess apenas había conseguido introducir la llave en la cerradura de la puerta principal cuando su hermana la abrió, llena de curiosidad.

¿Qué pensaba de Matt Strickland? Tess hizo un esfuerzo por describir en pocas palabras a un hombre que representaba todo lo que ella evitaba deliberadamente. Demasiado rico, demasiado arrogante, demasiado estirado. Cuando su mente comenzó a divagar en los extraños sentimientos que despertaba en ella, se frenó.

–¿Te puedes creer que no quiere que vaya a trabajar con ropa ajustada?

–Es tu jefe, tiene derecho a decirte cómo quiere que te vistas. ¿Acaso crees que a nosotras nos deja ir a la oficina en vaqueros rotos? –razonó Claire–. Bueno, sigue. ¿Cómo es su apartamento?

–Apenas he tenido tiempo de verlo –suspiró Tess–. Nunca he tenido una entrevista tan larga. Te puedo describir su despacho con todo lujo de detalles, eso sí. Ah, y la cocina. El apartamento es enorme, y sus gustos artísticos, algo dudosos. Había un montón de cuadros de paisajes y gente extraña.

–Serán miembros de su familia –reflexionó Claire–. Gente con clase.

–¿Tú crees?

–¿Qué te ha parecido la hija?

Matt Strickland era tan celoso de su intimidad que nadie sabía siquiera que tuviera una hija. De momento nunca la había llevado a la oficina.

Tess no tenía mucho que contar, pues no había llegado a conocer a la niña. Había esperado largo tiempo en la cocina hasta que Matt regresó de un humor de perros para decirle que Samantha se había encerrado en su habitación y se negaba a salir.

Tess había bebido un sorbito de té, se había servido distraídamente la quinta galleta y se había mirado los pies mientras reflexionaba sobre el hecho de que había al menos una persona sobre la faz de la tierra dispuesta a ignorar olímpicamente al poderoso y arrogante Matt Strickland.

–No debería poner cerrojos en las puertas –le había informado, pensativa–. En casa nunca nos dejaron tenerlos. A mi madre le aterrorizaba la idea de que se produjera un incendio y no pudieran entrar.

Él se había quedado mirándola como si le hablara en chino y Tess pensó que seguramente carecía de experiencia en todo lo relativo a criar a un hijo.

–Así que el lunes promete ser divertido –concluyó–. Samantha no tiene interés en conocerme y, además, tengo que estar allí a las siete y media. Ya sabes lo poco madrugadora que soy...

El comentario le ganó una mirada tan amenazadora de su hermana que optó por no quejarse más del asunto. Por supuesto que haría lo posible por levantarse al alba. Programaría el despertador y la alarma del móvil, aunque sabía que era muy capaz de seguir durmiendo aunque sonaran los dos aparatos al mismo tiempo. ¿Qué pasaría si eso ocurriera? Recordó las palabras que él había empleado para describirla.

Todavía estaba preocupada por ese asunto cuando, a la noche siguiente, sonó el teléfono del apartamento. Tess contestó y oyó la voz profunda y suave de Matt al otro lado de la línea.

—Se ha equivocado de hermana —dijo Tess tan pronto se hubo él identificado.

Como si fuera posible no reconocer esa voz...

—Claire se está dando un baño; le diré que ha llamado.

—He telefoneado para hablar con usted —le informó Matt con calma—. Solo quería recordarle que la estaré esperando mañana a las siete y media en punto.

—¡Allí estaré, no lo dude! Programaré varios despertadores para no quedarme dormida.

Al otro lado de la línea Matt sintió la tentación de sonreír. Pero no estaba dispuesto a reírle la gracia; tenía la sensación de que la mayoría de la gente le reía las gracias a Tess Kelly. Su calidez resultaba contagiosa. Pero en lo referente a su hija, hacía falta mostrar severidad.

—¿Hola? ¿Está usted ahí?

—Sí. Para ayudarla a ser puntual, haré que un coche pase a recogerla. Estará en su casa a las siete en punto. Se le ha olvidado darme su número de móvil.

—¿El mío?

—Necesito poder localizarla en todo momento. No olvide que está usted a cargo de mi hija.

Cuando colgó el teléfono se giró y se encontró con Claire observándola, sonriente.

—Lección número uno sobre cómo convertirse en adulta responsable. ¡Prepárate a ser responsable de otra persona! Matt es un hombre justo. Exige mucho a la gente que trabaja para él, pero da mucho a cambio.

–No me gustan los mandones –se quejó Tess automáticamente.

–Lo que a ti te gusta es la gente que no impone norma alguna y te deja hacer lo que te da la gana. ¡Cómo se nota que eres la hermana pequeña!

Tess, que antes no se habría sentido molesta por el comentario, frunció el ceño. ¿Acaso daba a entender que era una persona irresponsable? Sus padres la habían mandado a Nueva York para que su hermana la enseñara a madurar. ¿Era su manera de «echarla» delicadamente de la casa familiar? ¿Tendría razón Matt? Cuidar del hijo de otra persona, una criatura que había sufrido y que obviamente tenía problemas con su padre, no parecía un trabajo para una persona irresponsable. Matt Strickland le estaba dando la oportunidad, a pesar de no haber dado demasiadas muestras de merecerla.

Tess suponía que a la mañana siguiente se pondría a trabajar bajo las órdenes de alguno de los misteriosos empleados que él había mencionado, pero la realidad fue que, tras el cómodo trayecto en coche que aprovechó para disfrutar de las vistas de la ciudad, fue el mismo Matt quien le abrió la puerta.

Estaba vestido para ir a trabajar. Traje oscuro, camisa blanca y zapatos hechos a medida, una combinación que normalmente la habría repelido, pero que en aquel momento le pareció increíblemente sexy.

–No lo esperaba aquí –dijo Tess, sorprendida.

–Es donde vivo, ¿lo había olvidado?

Se hizo a un lado y ella pasó junto a él, extrañamente consciente de su propio cuerpo.

Ahora que se encontraba bajo menos presión tuvo la oportunidad de observar de cerca el entorno. Era más impresionante de lo que había imaginado. Sí, la vivienda era gigantesca y los cuadros deprimentes, por más que fueran de sus familiares, pero la decoración era exquisita. Matt no había caído en el minimalismo de sofás de cuero y superficies cromadas en todas partes, como hubiera cabido esperar. Al contrario, aquel lugar era opulento. Los suelos de madera lucían un tono oscuro y profundo, las alfombras eran antiguas y bien acabadas. El descansillo con galería daba a un inmenso espacio inferior y dos amplios ventanales ofrecían unas vistas increíbles de Manhattan.

–¡Caray! La última vez que estuve aquí no me fijé en el apartamento. Aparte del despacho y la cocina, claro –dijo con los ojos como platos, girando lentamente sobre sí misma–. Perdone, sé que es una grosería quedarse mirando así, pero no lo puedo evitar.

Por primera vez en mucho tiempo, Matt apreció los privilegios de los que disfrutaba desde la cuna.

–La mayoría de las cosas que hay aquí son heredadas. De hecho podría averiguar el origen de prácticamente cada una de las piezas. ¿Qué tal ha ido el trayecto?

–Estupendamente, gracias.

–¿Está lista para conocer a Samantha?

–Lamento no haberla conocido la última vez –se disculpó Tess sintiendo un brote de conmiseración.

Matt, que no quería perder el tiempo pues tenía la agenda repleta, se detuvo.

–Como le he dicho, ha pasado una época mala. A veces resulta difícil conectar con ella.

–Debe de resultarle muy triste. Lo normal es que

se hubiera refugiado en usted tras la muerte de su madre.

–Algunas situaciones no son tan simples –apuntó él fríamente–. Veo que no ha traído libros de texto. Espero que no haya olvidado que una de sus obligaciones es hacer de profesora.

–¿No esperará que empecemos el primer día?

–No creo que haya que dejar para mañana lo que se puede hacer hoy.

–Bueno, es que... pensé que sería mejor que nos conociéramos primero, antes de ponernos con las fracciones y los decimales.

–Me alegro de que haya abandonado su actitud derrotista y se haya puesto al día con el programa.

–¡No tengo una actitud derrotista, se lo aseguro!

Había meditado mucho en lo que él le había dicho sobre rendirse, y había llegado a la conclusión de que estaba muy equivocado. Siempre se había sabido capaz de hacer cualquier cosa. ¿Por qué si no había probado suerte en tantos trabajos?

Matt alzó la mano para hacerla callar.

–No importa. Los múltiples tutores que han pasado por aquí en los dos últimos meses dejaron varios libros. Los encontrará en el estudio; la mayoría están nuevos –añadió apretando los labios–. Espero que usted sea la excepción a la regla.

–Ya le advertí que no soy muy estudiosa...

–Ya he probado con los que sí lo eran –señaló Matt–, y ninguno ha funcionado. ¿Por qué insiste en infravalorarse a sí misma?

–No me infravaloro.

–Si usted misma se cataloga como estúpida, no se queje si el resto del mundo se muestra de acuerdo.

–¡Oiga, que yo no soy estúpida! Podría haber sacado buenas notas si hubiera querido.

–¿Y por qué no lo hizo? ¿Era más fácil fracasar por no haberlo intentado que competir con sus hermanas mayores y quedar por debajo? Está bien, retiro el comentario que hice sobre su pocas ganas de trabajar, pero si quiere demostrarme sus habilidades tendrá que tomar el toro por los cuernos. Deje de disculparse por su falta de éxito académico y empiece a darse cuenta de que lo único que me importa es que deseche la idea de que no puede ser profesora de mi hija. Que, por cierto, está en la cocina.

A Tess se le puso el vello de punta. Mientras él le explicaba los horarios de los múltiples empleados, que trabajaban por turnos con el fin de que no se acumulara ni un grano de polvo en el apartamento, Tess le dio vueltas a lo que acababa de oír. Se había pasado la vida haciendo lo que le daba la gana, sin escuchar realmente a sus padres cuando estos la instaban a echar raíces y centrarse. A su manera afable y bonachona, se había negado cabezonamente a adoptar un modo de vida que pensaba que no podía aguantar. Nadie había sido nunca tan brutalmente franco como lo había sido Matt, ni le había dado a entender que fuera una cobarde, que tuviera miedo de parecer un fracaso comparada con sus hermanas. Se dijo a sí misma que él no la conocía en absoluto, pero sus palabras resonaban en su cabeza como un panal de avispas furiosas.

Cuando se detuvo frente a la puerta de la cocina, estuvo a punto de tropezar con él. Ella pasó primero y vio a su pupila sentada a la mesa, encorvada sobre un tazón de cereales y jugando a llenar la cuchara de leche, alzarla y hacer caer el líquido en el tazón, sin importarle que la mitad cayera fuera salpicando la mesa de madera.

Tess no tenía claro qué había esperado encontrar. Lo que la pilló completamente por sorpresa fue la expresión de dolorosa confusión que advirtió en el rostro de Matt y, durante unos intensos segundos, sintió lástima por él.

Era un hombre duro e intransigente, y crítico hasta el punto de inspirar miedo, pero en lo referente a su hija no tenía ni idea de cómo actuar.

Ella tampoco, todo sea dicho. Nunca había tenido que lidiar con la mirada terca y reconcentrada de una niña de diez años.

—Samantha, mírame —se metió las manos en los bolsillos y frunció el ceño—. Esta es Tess, ya te he hablado de ella. Va a ser tu nueva niñera.

Samantha apoyó la barbilla en las manos y bostezó a modo de saludo. Llevaba una ropa carísima y anticuada. Pesadas sandalias marrones y una camisa de flores sin mangas que parecía de seda. ¿Seda para una niña de su edad? Su largo cabello estaba pulcramente recogido en dos trenzas rematadas por lacitos. Era morena, como su padre, y tenía las mismas facciones obstinadas.

Con el tiempo acabaría convirtiéndose en una belleza, pero en ese momento tenía el rostro triste y sombrío.

Tess carraspeó y se acercó a la niña.

—Hola, Samantha. No tienes por qué mirarme si no quieres —lanzó una risita nerviosa que fue recibida con una mirada de reojo—. Soy nueva en esta ciudad y... —discurrió intensamente en busca de algo que una niña de diez años pudiera tener en común con ella—. ¿Te apetece ir de tiendas conmigo? Mi hermana no lleva la misma ropa que yo y a mí me da miedo entrar en los grandes almacenes sola...

–Ha sido satisfactorio.

Cuando Matt la llamó al móvil para comunicarle que esperaba informes diarios sobre el progreso de la niña, Tess se quedó sin palabras. Los esperaba en su despacho a las seis en punto, una vez la hubiera relevado Betsy, la chica que entraba por la tarde para preparar la cena.

El mismo coche que la había recogido por la mañana pasó a buscarla al apartamento y la depositó, como si de un paquete se tratara, en su oficina en una de los mejores zonas de Manhattan.

Una vez vista su residencia, su lugar de trabajo no le impresionó tanto. Subió los veintipico pisos en ascensor y no se sorprendió al comprobar que su despacho ocupaba la mitad de una planta. Disponía de su propio salón de estar, sala de reuniones y una gigantesca oficina exterior con sillas y plantas en la que una señora de mediana edad se preparaba para marcharse a casa.

–Defina «satisfactorio».

Él se arrellanó en el sillón de cuero y colocó las manos tras la cabeza.

–Siéntese.

No podía creerse la facilidad con la que había roto el hielo con Samantha. La comparó con las otras niñeras, que sonreían fríamente y trataban de estrechar la mano de la niña.

Tess se encogió de hombros.

–Todavía queda un largo camino por recorrer, pero por lo menos no me ha mandado a paseo.

–¿Habló con usted?

–Le he hecho varias preguntas y ella me ha contestado a algunas.

Todavía la humillaba el bajo concepto que tenía Matt de ella, pero lo superaría, aunque solo fuera para demostrarle de lo que era capaz.

–Odia su ropa. Creo que eso nos ha acercado. Siento decirle que voy a tener que negarme a llevar ropa holgada como usted me pidió. No puedo ir a comprar trapitos modernos y juveniles para su hija y adquirir ropa sosa para mí misma.

–¿Trapitos modernos y juveniles?

–¿Sabía que nunca ha tenido un par de vaqueros rotos?

–¿Vaqueros rotos?

–Ni unas buenas deportivas, y no estoy hablando de las que se pone uno para la clase de gimnasia.

–¿Qué son unas buenas deportivas?

Matt la miró. Traía la cara sonrosada y brillante tras la calurosa caminata y llevaba el pelo recogido en una cola de caballo alta de la que escapaban algunos mechones color caramelo.

Era la antítesis de todas las mujeres con las que había salido, incluida su exmujer. Vicky, su novia, era guapa, pero de una manera controlada, inteligente, algo masculina: pelo corto y oscuro, pómulos marcados y trajes de chaqueta rematados con zapatos de tacón. Y Catrina, aunque no era una mujer trabajadora, venía de buena familia y siempre hacía gala de un glamour sutil y refinado consistente en jerseys de cachemira, perlas y elegantes faldas a la altura de la rodilla.

No le costaba creer que Samantha nunca hubiera poseído un par de vaqueros rotos o desgastados, o de ningún tipo. Que él recordara, tampoco los había tenido su exmujer. Se percató de que su imaginación había vuelto a descontrolarse y le ofrecía todo tipo de imágenes de la chica que tenía delante. Mientras ella parloteaba acerca de unas «buenas deportivas» él pugnaba por dejar de imaginársela sin aquellos vaqueros ceñidos y la exigua camiseta verde adornada con el logo de algún grupo de rock. Se trataba de un impulso primitivo que no tenía lugar en su mundo rígidamente controlado.

–Bueno, espero que no le importe que le haya comprado un par de cosillas. Deportivas, vaqueros, unas camisetas en el mercadillo...

–¿Le ha comprado prendas en un mercadillo?

–Son mucho más estilosas. Ay, por la cara que ha puesto, creo que no le hace mucha gracia. ¿Nunca ha comprado en un mercadillo?

Por alguna razón, aquella pregunta inocente alteró el ambiente entre ellos. Fue un cambio minúsculo, apenas perceptible, pero de pronto ella fue consciente de sus ojos oscuros clavados en su persona y de cómo su propio cuerpo respondía a su mirada.

–No he pisado un mercadillo en mi vida.

–Pues no sabe lo que se pierde. Una amiga mía trabajaba en uno los fines de semana antes de ponerse a estudiar joyería. Los conozco bien. Mucho de lo que venden es basura de importación, pero algunas cosas son buenas, hechas a mano. Hubo una época en que pensé dedicarme a eso... –explicó con las mejillas arreboladas por el entusiasmo.

–Eso ya no importa. Ahora está usted aquí –la cortó él bruscamente–. Dígame qué planes tiene para el resto de la semana. ¿Ha hablado con ella de los deberes?

–¡Todavía no... es el primer día! Pero cuando volvimos al apartamento, mientras Samantha se bañaba, le he echado un vistazo a los libros de los que me habló.

—¿Y bien?

Tess estuvo a punto de advertirle que nunca se le habían dado bien las ciencias, pero se lo pensó mejor.

—Supongo que podría hacerlo.

—¡Así me gusta! Ahora lo que tenemos que hacer es diseñar un plan de estudios.

—Le preocupa ir a un nuevo colegio. ¿No se lo ha comentado?

Matt se removió inquieto en el asiento.

—Espero que la haya tranquilizado. No tiene motivos para inquietarse —dijo tratando de eludir el hecho de que Samantha y él no habían mantenido una conversación profunda desde su llegada a Manhattan.

—Eso es trabajo suyo —repuso Tess mirándolo a los ojos. Nunca había sido amiga de discusiones, pero no estaba dispuesta a asumir la responsabilidad de algo que sabía que no le correspondía—. He estado pensando y...

—¿Debería preocuparme?

—Usted me ha impuesto toda una serie de normas...

Matt echó la cabeza hacia atrás y se rio. A continuación volvió a mirarla, serio de nuevo.

—Suele ocurrir cuando se trabaja para otra persona. Estoy corriendo un riesgo contratándola y usted está siendo recompensada con creces, así que no piense ni por un momento que puede evadirse de sus responsabilidades.

—No es eso lo que pretendo —repuso ella, acalorada—. Pero creo que si yo tengo que seguir ciertas normas, usted debería hacer lo mismo.

Matt la miró con expresión de incredulidad y volvió a soltar una carcajada.

–¿Qué es tan divertido?

–Lo que usted considera «normas» es, para la mayoría de la gente, la descripción del puesto de trabajo. ¿Era esa la actitud que mostraba usted en sus trabajos anteriores? ¿La de no estar dispuesta a trabajar a menos que su jefe estuviera dispuesto a acoplarse a sus exigencias?

–Por supuesto que no.

«Cuando las cosas empezaban a ponerse aburridas, me limitaba a dejar el trabajo», pensó, incómoda.

–Y tampoco estoy tratando de quebrantar las normas.

¿Qué tenía aquel hombre que la volvía tan contestataria?

–Está bien. Diga lo que tenga que decir.

–He elaborado una lista.

Una lista garabateada en el coche con ayuda de Stanton, el chófer, a quien le había preguntado qué cosas le gustaba hacer con sus padres cuando era niño.

Matt tomó la lista y la leyó y releyó con expresión de creciente desconcierto.

–«Lunes por la noche» –leyó en voz alta–, «Monopoly o Scrabble o cualquier juego de mesa previamente acordado. Martes por la noche, velada culinaria». ¿Qué demonios es una velada culinaria?

–Se trata de una noche en la que usted y Samantha cocinan juntos. Cualquier cosa, un pastel, galletas. Podrían echarle valor y elaborar un plato caliente. Un estofado, por ejemplo.

–¿Pasteles, galletas, estofados? –el tono de su voz daba a entender que creía que se había vuelto loca–. ¿No es ese su trabajo? Rectifico. No debería preguntarlo, sino afirmarlo. Todo lo que aparece en esta lista son cosas que debería hacer usted. Por si lo ha olvidado, mi trabajo me obliga a pasar muchas horas fuera de casa.

–Comprendo; es usted un adicto al trabajo y...

–No soy adicto al trabajo. Dirijo una empresa. Varias empresas. Lo crea o no, es algo que me quita tiempo.

Los miércoles tocaba «velada de cine». No recordaba la última vez que había visto un DVD. ¿Quién podía permitirse estar sentado frente al televisor durante horas? ¿Acaso era productivo?

–Tiene que sacar tiempo para estar con Samantha –repitió Tess con obstinación–. No se hace una idea de lo que le asusta empezar en el nuevo colegio. Todos sus amigos se han quedado en Connecticut. Le da miedo hacer amigos nuevos.

–Es comprensible, pero los niños son muy adaptables; está demostrado.

–Para usted es fácil decirlo –replicó negándose a ceder–. Todavía me acuerdo de lo intimidante que fue para mí llegar al instituto, y eso que conocía a algunos compañeros. Pero la idea de tener profesores y libros distintos...

–¿No se lo tomó como un reto? No, seguro que no. Pero esto no tiene nada que ver con usted. Usted no es Samantha. Estoy de acuerdo en que las cosas no le han resultado fáciles, pero estar rodeada de niños de su edad le hará bien. Mi intención no es, en absoluto, que se olvide de la gente de Connecticut...

–Creo que es así como lo ve ella.

Tess estaba perdiendo la esperanza de hacerle entrar en razón. Lo que para ella eran tonos de gris, para él era blanco y negro.

–¿Qué significa «noche de conversación»? –preguntó leyendo la lista.

–Ah, eso. Pensaba incluir una noche de juegos...

–Pensé que ya teníamos una noche en la que jugábamos a «Monopoly, Scrabble o cualquier juego de mesa previamente acordado».

–Me refería más bien a partidos. De rugby, por ejemplo. Bueno, en Estados Unidos, quizá no. De fútbol, de baloncesto, de béisbol. Claro que no le imagino aficionándose a ese tipo de cosas.

–Ah, a eso se refería... Entretenimiento para hombres que no son adictos al trabajo.

–No se lo está tomando en serio.

Él la miró inquisitivamente. ¿Se lo estaba tomando en serio? Ninguna de las niñeras anteriores le había impuesto una lista de tareas; no habían tenido el valor de hacerlo. De hecho, no podía recordar ningún empleado que hubiera tenido la osadía de decirle lo que debía o no debía hacer.

Por otro lado, ninguna de las otras niñeras parecía haber tenido tanto éxito el primer día.

–Está bien, lleguemos a un acuerdo –dijo echándose hacia atrás en el asiento y colocando las manos tras la cabeza en un gesto típico de macho dominante–. Tendré en cuenta algunas de sus sugerencias con tal de que usted esté presente.

–¿Cómo ha dicho?

–Eso de hacer galletas y pasteles... ¿Qué experiencia tengo yo? La asistenta se ocupa de esas cosas. Y si no, encargo comida para llevar de la máxima calidad.

–Basta con que siga la receta –señaló Tess.

Matt se puso en pie bruscamente y se dirigió hacia el ventanal, desde donde veía a gente del tamaño de una cerilla caminando apresuradamente por la calle y taxis amarillos que parecían de juguete.

–¿Le ha enseñado la lista a mi hija? –preguntó girándose para mirarla.

–Todavía no. La he escrito en el coche de camino hacia aquí. Me gustaría haberla pasado a ordenador, pero no he tenido tiempo.

–¿Cómo sabe que a ella le van a agradar estos proyectos?

–No son proyectos.

–Está bien. Ideas. Sugerencias. Ocurrencias. Llámelo como quiera. ¿Cómo sabe que va a estar dispuesta a pasarse dos horas delante de un juego de mesa, por ejemplo?

–Veo a qué se refiere.

–Lo dudo mucho –contestó él con irritación–. Los niños de hoy día prefieren pasarse las horas muertas delante del ordenador chateando con sus amigos. Samantha tiene un ordenador de última tecnología. Es una de las primeras cosas que le compré cuando vino a vivir conmigo.

–Lo haré –decidió Tess–. Si necesita que esté presente, lo haré.

–No es una cuestión de «necesitar» –replicó él frunciendo el ceño.

–A ciertos hombres les resulta difícil sacar tiempo para pasarlo con sus familias...

–Déjese de psicología barata, Tess.

Sus miradas se encontraron y, durante una décima de segundo, Tess se sintió mareada. No estaba acostumbrada a ese tipo de situaciones. Mostrarse firme ante algo y negarse a ceder. Decirle a un hombre como Matt Strickland, que era el jefe de su hermana por el amor de Dios, lo que debía hacer, cuando estaba claro que no aceptaba órdenes de nadie. Involucrarse tanto como para ir más allá del mero cumplimiento de las obligaciones que le imponía un trabajo que no había deseado en un principio.

–No es psicología barata –dijo débilmente–. Es la verdad. ¿Con qué actividad le gustaría comenzar?

–Ah, ¿es que puedo elegir? –Matt miró la lista–. ¿Se da usted cuenta de que si acepta tomar parte en estas actividades no tendrá mucho tiempo libre por las noches?

–No pasa nada.

–Por supuesto, le pagaré las horas extra.

–No me importa el dinero –murmuró Tess observándolo fascinada mientras leía la lista con el ceño fruncido, tratando de encontrar la opción más aceptable.

–Pero podría arrepentirse de comprometerse a algo que le va a quitar un tiempo que podría dedicar a ver Nueva York, salir y divertirse. ¿No le va a resultar un problema?

Él alzó la mirada repentinamente y Tess volvió a sentir la misma flojera, como si cayera libremente por el espacio.

–¿Por qué iba a suponerme un problema? –preguntó casi sin aliento.

–Porque es usted joven y me imagino que habrá venido aquí a divertirse. ¿Desde cuándo es divertido pasar tiempo con el jefe de uno y con su hija jugando al Scrabble?

Nunca lo ha sido, pensó Tess, confusa.

–Está bien –dijo él poniéndose en pie, gesto que ella imitó precipitadamente. El tiempo asignado a ella había concluido–. Lo primero, será recompensada económicamente, tanto si le gusta como si no. En cuanto a qué actividades prefiero le diré que llevo tantos años sin hacer ninguna de ellas que...

Sonrió con sincera jovialidad. Y durante unos electrizantes segundos dejó de ser Matt Strickland, el hombre que la empleaba, aquel que representaba todo lo que ella aborrecía, para convertirse en un hombre normal y corriente. Un hombre increíblemente sexy que hacía que la cabeza le diera vueltas.

–Usted elige. Yo estaré en casa mañana a las seis.

Capítulo 3

A VER si me aclaro. Ahora resulta que dispones de una cuenta ilimitada para gastos de vestuario y que tienes una cita con mi jefe.

–No es una cita –replicó Tess con irritación pero sin prestarle demasiada atención a Claire que, ataviada con un vestido ajustado verde y zapatos de tacón alto del mismo color, mataba el tiempo repatingada en la cama mientras esperaba al chico con el que llevaba año y medio saliendo, un ejecutivo de banca de inversión al que Tess había conocido y dado su aprobación, a pesar de que nunca lograba acordarse de su cara una vez salía de la habitación.

–¿Ah, no? ¿Y cuál es el plan? ¿Un restaurante íntimo? ¿Botella de Chablis a la luz de las velas? Nadie ha tenido nunca ni la más remota idea de lo que hace Matt Strickland en su vida privada y llegas tú y, en menos de tres semanas, tienes una cita con él.

Tess miraba la selección de conjuntos que había comprado aquel día, tratando de decidir si ponerse el vestido corto negro o el vestido corto rojo. Tras cinco segundos luchando con su conciencia, había capitulado vergonzosamente nada más entrar en los grandes almacenes de moda a los que había acudido en cuanto él le anunció que pensaba llevarla a cenar a un restaurante elegante para hablar de trabajo. De no ser por él, se dijo a sí misma, no tendría que gastarse el dinero en ropa adecuada para restaurantes que ella no solía frecuentar. Así que sí él insistía en pagar, ¿por qué no permitírselo?

Además, Samantha se lo estaba pasando bien. Habían llegado a un acuerdo: Tess hacía como si bostezara en las tiendas de juguetes y Samantha daba golpecitos en la enorme esfera de su nuevo reloj de Disney cuando entraban en las tiendas de moda para mayores. Luego iban a comer pizzas o hamburguesas a algún sitio que les gustara a las dos. Una comida nutritiva que las ayudaba a encarar con fuerzas la visita a algún centro cultural en nombre de la educación.

Tess había descubierto que en Nueva York existía un destino cultural para cada día del año. Ella, que siempre había considerado las instituciones educativas como algo mortalmente aburrido, empezaba a darse cuenta de que no estaban del todo mal, sobre todo cuando las recorría junto a una persona que pecaba de su mismo nivel de ignorancia. Aunque se tratara de una niña de diez años. Aprendían juntas y, había que reconocer que Samantha era bastante lista. De hecho Tess la había hecho responsable de las guías y su trabajo consistía en describir y contar la historia de todo aquello que miraban.

—Creo que me pondré el rojo.

—¿Qué más te da si no es una cita? —se burló Claire levantándose de la cama y recomponiéndose—. Y, por favor, no me vuelvas a decir que no es una cita. Apenas te he visto en las últimas tres semanas y ahora te vas con él a un restaurante. ¿No lo habéis hablado todo durante las partidas de Monopoly y vuestras veladas de cine?

—¿Ya han pasado tres semanas?

Así era. Cómo pasaba el tiempo. A pesar de las reservas que albergó en un principio ante la idea de involucrarse en la tensa relación que mantenía Matt con su hija, Tess se había metido de lleno en su vida. La noche de juegos, su primera noche, había resultado un éxito relativo. Pero desde entonces las cosas habían mejorado gracias al empeño que él ponía. Llegaba al apartamento antes de las siete sin falta y se lanzaba a todas las actividades con tanto entusiasmo que era difícil no dejarse arrastrar por él. Samantha, cautelosa en un principio, empezaba a mostrarse más distendida y a disfrutar.

–Tengo que darle informes –concluyó Tess–. Ya me gustaría no tener que ir. Un viernes por la noche preferiría salir por Manhattan con Tom y contigo. Bueno, quizá no con vosotros, pero con otra gente. Gente joven y divertida, artistas, escritores, poetas.

En otras palabras, la clase de gente con la que uno se lo debería de pasar genial.

–Todavía no he tenido la oportunidad de conversar con Matt acerca de Samantha. Esto es un asunto de trabajo, nada más. Me parece que he engordado. ¿Crees que he engordado? Este vestido me queda un poco ajustado.

–Tess... –titubeó Claire–. Dime que no vas a hacer ninguna tontería.

–¿Una tontería? ¿Como qué?

–No sé a qué se dedica Matt Strickland en su tiempo libre, pero si está donde está es porque es un hombre duro e implacable.

–¿Qué quieres decir?

–Que no te enamores de él.

–¡Por supuesto que no! –exclamó Tess volviéndose hacia su hermana–. El hombre de mis sueños no es un ejecutivo agresivo obsesionado por el dinero, ya lo sabes. El hombre de mis sueños es sensato y sensible, y cuando lo encuentre lo reconoceré.

–La vida no es tan simple.

–Me limito a hacer mi trabajo, y por primera vez en mi vida me gusta lo que hago. No sabes lo que es ver a Matt y a Samantha juntos. No es una relación perfecta, pero empieza a funcionar, y me gusta pensar que yo he tenido algo que ver. Todo el mundo está deseando que siente la cabeza y persevere en algo. Pues ya lo he encontrado. Me gusta trabajar con niños. Es algo positivo que he sacado de esta experiencia y te ruego que no lo confundas con otra cosa.

Era la primera vez que había estado a punto de discutir con Claire y se aplacó en cuanto vio la expresión de estupefacción en el rostro de su hermana.

–Sé cuidar de mí misma; no te preocupes por mí. No me estoy enamorando de Matt Strickland, simplemente lo estoy conociendo. Y lo hago por el bien de su hija.

Podía haber añadido que Matt Strickland comenzaba a tomar forma en su imaginación, que de pronto se había visto plagada de imágenes de su jefe: Matt con el ceño fruncido, concentrado en un libro de cocina para principiantes que Samantha y ella habían comprado tres días atrás. Matt exultante por haber conseguido comprar un hotel y cobrar una renta exorbitante en una partida de Monopoly. Matt bromeando vacilante mientras su hija le abría las puertas de su mundo en Connecticut enseñándole fotografías de sus amigos en el ordenador.

Aquella cena era puramente de trabajo, de eso estaba convencida.

Él le hablaría de aspectos que le preocupaban, le señalaría qué cosas podían mejorarse. No tenía por qué ponerse nerviosa ni preocuparse por lo que Claire había dado a entender.

Por primera vez Tess comenzaba a darse cuenta de lo protegida que había estado durante años por sus padres y hermanas. Ellos le habían permitido retirarse de la carrera académica. Claire y Mary habían consentido que abandonara los libros. ¿Habían sentido lástima por ella al darse cuenta de que le iba a resultar imposible alcanzar las expectativas que ellas habían marcado? ¿O habían disfrutado, a través de ella, de una vida distinta, sin responsabilidades? Con razón Claire dudaba que fuera capaz de valerse por sí misma en el mundo real, con todos sus peligros. La cuestión era que finalmente estaba madurando, aceptando responsabilidades. Nunca se había sentido tan preparada para lidiar con lo que la vida pudiera depararle.

Con la confianza en sí misma recuperada, Tess se puso el vestido rojo, se encaramó en unas sandalias de cuña alta y dio un paso atrás para examinar su reflejo en el espejo.

No solía analizar demasiado su imagen, pero esta vez le agradó lo que vio. Nunca sería alta y delgada, pero no estaba nada mal. Su pelo suelto brillaba y su rostro rebosaba de salud gracias al sol veraniego. Tanto Claire como Mary tenían la típica complexión irlandesa: cabello oscuro, piel pálida y pecosa y los ojos verdes, marca de la casa. Tess, sin embargo, tenía un tono de piel más cálido y el sol le había aclarado la cabellera que, sin llegar a ser rubia, presentaba matices acaramelados.

Mientras Claire deambulaba por la casa dispuesta a reanudar la conversación, Tess aguardó a que el chófer de Matt la llamara al móvil y abandonó con prisas el apartamento tras detenerse brevemente en la cocina para anunciar que salía.

Durante las tres semanas anteriores se había acostumbrado a que la llevaran en coche a todas partes. Había dejado de sentirse como un miembro de la realeza dentro de la limusina y apenas se fijó en las calles que recorrían hasta que el coche se detuvo finalmente frente a un restaurante elegante: el tipo de establecimiento en el que no le habrían dejado entrar si se hubiera presentado con su atuendo habitual, vaqueros y camiseta. Stanton, el chófer, rodeó el vehículo para abrirle la portezuela.

Dentro, un pequeño recibidor comunicaba con una amplia sala de reluciente parqué y mesas circulares cubiertas por manteles de lino almidonados y confortables sillas de piel. El concurrido restaurante estaba lleno de gente elegante y glamurosa que parecía sacada de una película de Hollywood. Matt, que la esperaba en un íntimo rincón bebiendo una copa, parecía sentirse cómodo en aquel ambiente.

El cuerpo de Tess comenzó a hacer unas cosas extrañas mientras unas gotitas de sudor asomaban a sus labios. Durante unos segundos perdió la capacidad de respirar y el corazón comenzó a latirle con tanta fuerza que pensó que iba a salírsele del pecho. Se le bloqueó la mente, que quedó vacía de todo pensamiento. Incluso el murmullo de las conversaciones y el repiqueteo de los cubiertos quedó atenuado, como en un segundo plano.

Llevaba una chaqueta negra que le quedaba como un guante y una camisa blanca que destacaba los rasgos aristocráticos de su rostro. Estaba tan guapo que Tess estuvo a punto de perder el equilibrio mientras se dirigía hacia él encaramada en sus tacones.

De pronto se dio cuenta, avergonzada, de que la había pillado mirándolo embobada y compuso una radiante sonrisa al tiempo que lo saludaba con la mano.

–No pensé que fuéramos a reunirnos en un lugar tan elegante –dijo con voz alegre y cantarina tratando de llevar la conversación hacia el territorio neutral del trabajo lo antes posible y distraer su mente de la visión del pecho musculoso que se adivinaba bajo los dos botones superiores de la camisa y la fina capa de vello oscuro y rizado que rodeaba la correa plateada del reloj.

Matt apartó la mirada de ella para pasearla por el suntuoso establecimiento en el que tan a gusto parecía encontrarse.

–Hacen una comida buenísima, es lo que más me gusta de este sitio. Los franceses saben cómo preparar un buen filete.

–Que no estará tan bueno como los espaguetis a la boloñesa que hizo su hija hace unos días. No sabe lo que nos costó encontrar todos los ingredientes; todo tenía que ser perfecto: los champiñones, las chalotas, carne de la máxima calidad.

Tess estaba parloteando sin ton ni son. Se preguntaba por qué se había puesto tan nerviosa. Había visto a Matt Strickland suficientes veces durante las dos últimas semanas como para no alterarse en su presencia. Pero seguía teniendo el pulso a cien y la boca seca a pesar de los dos tragos de vino que se había bebido de golpe.

–Por no hablar del tiempo que tardamos en encontrar el libro de cocina adecuado –prosiguió–. Creo que Samantha revisó todos lo que encontró en tres librerías distintas. Hasta quiso convencerme de que le comprara una máquina para hacer pasta, ¿se lo puede

creer? Yo le dije que era mejor que fuera pasito a pasito. Por cierto, tiene usted una cocina increíblemente
bien equipada, con todo nuevo y reluciente... –su voz
se apagó ante el desconcertante silencio de él–. ¿Por
qué está tan callado? Pensé que me había convocado
aquí para hablar de Samantha.

–Es que una vez que empieza a hablar no hay quien
la pare. Siempre tengo curiosidad por ver dónde acaba.

Tess trató de tomárselo como un cumplido, pero no
lo consiguió. Sonrió, nerviosa.

–Me hace sonar como una niña –dijo, incómoda
mientras él inclinaba la cabeza hacia un lado como si
considerara la observación.

–Quizá esa es la razón por la que es tan buena niñera –señaló él con cara de guasa, aunque Tess no
conseguía ver el lado divertido del asunto–. Las que
me envió la agencia no se parecían en nada a usted.
Eran bastante sargentonas. Samantha se negaba a obe-
decer, las toreaba y ellas acababan por presentar su di-
misión. Yo entonces pedía a la agencia que me man-
daran a una todavía más estricta. Ahora me doy cuenta
de que me equivoqué de estrategia. Debería de haber
intentado encontrar a alguien que se pusiera a su nivel.

–¿Cuántas tuvo?

–Cinco, y una solo duró tres días. Trataron de im-
ponerle disciplina, pero no funcionó.

–Yo le impongo disciplina –interrumpió Tess, a la
defensiva.

–¿Ah, sí? ¿Cómo?

–Si no le gusta como hago las cosas...

–No sea ridícula, Tess. ¿No la acabo de felicitar
por lo bien que lo está haciendo? Ha conseguido muchísimo en cuestión de semanas.

–Pero no quiero que piense que la razón de mi éxito

es dejarle hacer lo que le viene en gana. Usted me dio permiso para comprarle ropa nueva, ¿recuerda que se lo pedí? Cuando vaya a la nueva escuela le resultará más fácil integrarse si lleva la misma ropa que sus compañeros. Yo se lo dije y usted me dio el visto bueno. Así que fuimos de compras y, sí, algunas cosas las compramos en mercadillos, pero es que nunca había estado en uno y le encantó la experiencia...

–¿A qué viene todo esto?

–Pues, pues... –lo que en teoría iba a ser una conversación profesional se le estaba yendo de las manos y ella era la única culpable. ¿Era de extrañar que él la estuviera mirando como si le faltara un tornillo?

La había felicitado por su trabajo y ella le correspondía poniéndose a la defensiva. Se daba perfecta cuenta de que su reacción se debía a que no quería parecer inmadura ante él y no entendía por qué le importaba.

–Porque no se trata de que Samantha se lo pase bien todo el tiempo. He tenido que ganármela, y es mucho más fácil ganarse a un niño ofreciéndole un incentivo. Pero también hemos estudiado juntas.

–Lo sé.

–¿Ah, sí?

–Me lo ha dicho ella.

A Tess no se le pasó por alto el gesto de serena satisfacción que iluminó su rostro y se recordó a sí misma que aquella era la razón por la que le gustaba tanto el trabajo. Había contribuido a suavizar la relación entre Matt y su hija. Y si este le daba unas condescendientes palmaditas en la espalda y la felicitaba por ser lo suficientemente inmadura como ganarse a su hija, pues qué se le iba a hacer.

–Así que estaba equivocada –dijo echándose hacia

atrás mientras un camarero colocaba las cartas frente a ellos y vertía más vino en sus copas–. ¿Cómo se siente al respecto?

–Hemos repasado conceptos básicos nada más –murmuró Tess, sonrojándose.

–Ya es mucho si tenemos en cuenta que al principio estaba convencida de que era incapaz de entender las matemáticas y las ciencias.

A Tess la recorrió una oleada de placer que la dejó acalorada y aturdida. Era consciente de que él tenía la mirada perezosamente fijada en ella, pero no se atrevía a sostenérsela.

–Bueno, tampoco es que me vaya a poner a estudiar una carrera –repuso ella riendo sofocadamente.

Claire le había dado una charla sobre la crueldad de aquel hombre, pero él le estaba mostrando una cara que no conocía. Claire no conocía al hombre completo; para ella no era más que un tipo que daba órdenes y esperaba ser obedecido.

–Pero hacer algo de lo que no se creía capaz debe de haber reforzado su confianza en sí misma, ¿no?

Sus miradas se encontraron y, durante unos embriagadores segundos, imaginó que aquellos profundos ojos oscuros podían ver lo más íntimo de su ser.

Cuando el camarero fue a tomarles nota, la voz le temblaba. Su esperanza de que la conversación avanzara por otros derroteros fue recibida por un silencio expectante.

–Siempre he tenido mucha confianza en mí misma –acabó por decir–. Le puede preguntar a cualquiera de mis hermanas. Mientras ellas hincaban los codos, yo me lo pasaba genial con mis amigos –le daba la impresión de que él no acababa de creerla. Y su escepticismo era contagioso, porque ella comenzaba a no creerse a sí misma–. Ahora no salgo mucho por las noches, debido a mi horario de trabajo, pero normalmente tengo una vida social muy intensa.

–¿Y lo echa de menos?

–No estamos aquí para hablar sobre mí.

–En cierto modo, sí –señaló él con suavidad–. Usted pasa más tiempo con mi hija que yo. Para mí es importante saber cómo se siente; no me gustaría que acumulara resentimiento hacia mí. Durante las últimas dos semanas ha pasado la mayoría de las noches en mi apartamento. ¿Le molesta? ¿Preferiría pasar el tiempo con sus amigos?

Él observó cómo jugueteaba con el pie de la copa de vino. Tenía las mejillas sonrojadas. Su largo y espeso cabello color caramelo cubrían sus hombros como una cortina de seda. En aquel ambiente suntuoso y formal parecía muy muy joven. Y él se sintió de repente muy muy viejo.

Miró a su alrededor y confirmó que no había nadie con apariencia de tener menos de cincuenta años. Solo la gente adinerada podía permitirse los altísimos precios del establecimiento; él era una excepción, pues a pesar de ser rico no llegaba todavía a los cuarenta. Había crecido en una torre de marfil que nunca había tenido que abandonar. Pensó, desconcertado, que debía de haber salido algo más aunque solo fuera por curiosidad de ver lo que había afuera.

Molesto por haber sucumbido a un momento de introspección pasajera, Matt frunció el ceño y Tess, advirtiendo el cambio en su expresión, se puso inmediatamente en guardia.

¿Iba a decirle que no tenía que seguir yendo a su casa por las noches? Quizá anhelaba pasar más tiempo con Samantha a solas y ella empezaba a estorbar.

Quizá debía de ser ella la que sugiriera volver al horario habitual...

Comprobó, consternada, que no tenía la más mínima gana de hacerlo. ¿Cómo había llegado a esa situación? ¿Por qué eran Matt Strickland, su hija y su complicada vida familiar tan importantes en su propia vida?

Los pensamientos se arremolinaron en su cabeza mientras una serie de platos aparecían frente a ellos: mariscos y patatas exquisitamente dispuestos que Tess hubiera devorado gustosamente en otras circunstancias.

—Puede reducir mi jornada laboral, si así lo desea —se oyó decir con voz débil.

—No era eso lo que le estaba preguntando —replicó él impaciente. Se había acostumbrado a su infinita jovialidad y su repentino abatimiento le hacía sentirse como un ogro—. Usted es mi empleada, y yo tengo ciertas obligaciones como jefe.

Tess detestó esa apreciación profesional. Se dio cuenta de que no deseaba que él tuviera obligaciones con ella como jefe. Pero cuando comenzó a pensar en lo que realmente deseaba volvió a sentirse desorientada y confundida.

—No me gustaría que en un futuro usted me acusara de haberme aprovechado.

—¡Yo nunca haría algo así! —se defendió ella, horrorizada.

—Se ha negado a cobrar un sobresueldo...

—Porque ya me paga usted lo suficiente. Me gusta quedarme por las noches y ayudarlo con Samantha.

—Pero su vida social se resiente, ¿no cree?

—No vine aquí a cultivar mi vida social —explicó ella con firmeza—. Vine a intentar sentar la cabeza y eso es lo que estoy haciendo –su calidez habitual había vuelto y le sonrió–. Por fin he encontrado algo que me encanta hacer. Creo que se me dan bien los niños; no me aburro con ellos. Le sorprenderían los comentarios tan ingeniosos que hace Samantha sin darse cuenta. Puedo dejar la vida social para cuando vuelva a mi país.

Lo cual era algo que no planeaba hacer en un futuro próximo.

–¿Y allí sale con alguien en particular?

–¿Qué quiere decir?

–Es usted una joven atractiva –dijo él encogiéndose de hombros y apartando el plato, que fue recogido por un camarero segundos después–. ¿Ha dejado algún corazón roto?

–¡Cientos de ellos! –respondió ella con alegría. La verdad es que tenía muchos amigos varones, pero no mantenía una relación seria con ninguno en particular.

–¿Esa es parte de la razón por la que ha venido aquí?

–¡No! –protestó ella, incómoda.

–Porque ningún chico merece la pena. No a su edad.

–Tengo veintitrés años, no trece –apuntó por si acaso a él se le había pasado por alto, como ella sospechaba pues nunca, ni un solo momento, lo había pillado mirándola con interés sexual. Mientras que ella, Tess sintió que algo terrible y poderoso se agitaba en su interior, sí que lo había mirado así a él. Pequeñas imágenes salieron de su caja de Pandora: él mirándola mientras se reía, él levantando las cejas con expresión divertida y esbozando una media sonrisa, un gesto que le hacía sentir escalofríos.

Incómoda en su propia piel, Tess trató a duras penas de ordenar sus pensamientos mientras su inocente comentario quedaba flotando en el aire, retándolo a él a que empezara a mirarla de otra forma.

Como si alguien hubiera cortado las riendas de su rígido autocontrol, Matt se vio asaltado por una serie de perturbadores pensamientos. Parecía joven, con aquel rostro fresco y expresivo, algo raro en el duro y belicoso ambiente en que él se movía, pero no tenía trece años. Ni parecía una adolescente, especialmente con el traje que se había puesto aquella noche, que dejaba espacio en su imaginación para todo tipo de interesantes ideas. Tuvo que hacer un esfuerzo supremo para no caer en la tentación de intentar llevársela a la cama.

¡Pero era la niñera de su hija! ¿Qué demonios le estaba pasando? Se dio cuenta de que no era la primera vez que le daba vueltas a esa idea. Qué impropio de él. El trabajo y el placer eran como el agua y el aceite y no debían mezclarse. Nunca lo había hecho y no iba a empezar ahora. Tess Kelly no trabajaba entre las cuatro paredes de su oficina, pero seguía siendo una empleada como tantas otras.

Y aunque no fuera así, Tess Kelly no cumplía ninguno de los requisitos que él exigía en una mujer. Tras el horror que había sido su matrimonio con una mujer que en teoría los cumplía todos y en la práctica ninguno, su lista de condiciones en lo que concernía a las mujeres era bastante estricta.

Era imperativo que estuvieran tan centradas en sus carreras como él, que fueran independientes, con profesiones exigentes que lo eximieran a él de la responsabilidad de darle sentido a sus vidas. Catrina, al igual que él, venía de una familia con dinero y su vida había girado en torno a fiestas para recaudar fondos para la beneficencia, almuerzos y otras muchas actividades que lo dejaban a él con la sensación de que su deber era proporcionar un repertorio inagotable de distracciones.

Nunca se había visto en la necesidad de trabajar y, aunque hubiera tenido que hacerlo, no habría sabido cómo. Y durante aquellas horas vacías en las que él trabajaba sin parar habían germinado la amargura y el resentimiento.

Catrina había deseado un marido rico al que le gustara divertirse, y él no encajaba en esa descripción. Después de aquella experiencia Matt había tenido mucho cuidado en no salirse de los límites que él mismo se había impuesto.

De pronto se acordó de Vicky, con quien había estado en contacto esporádicamente y por correo electrónico, pues se encontraba en el extranjero, en Hong Kong concretamente, tanteando los mercados asiáticos. Volvería en un par de días. Matt trató de recordar su rostro, pero tan pronto le vino a la mente su cuidada y corta melena y su personalidad equilibrada y controlada, la imagen de una chica alegre y expansiva de cabellos castaños y pecas en la nariz se superpuso a la de la mujer que afirmaba estar deseando verlo.

Frunció el ceño con irritación, pero no por mucho tiempo. La vaga sensación de malhumor no tardó en desvanecerse.

–Dígame qué planes tiene para los próximos días –dijo apartándose de la mesa y haciendo una seña al camarero para que les llevara café.

–¿Planes? –Tess, todavía sumida en sus tumultuosos pensamientos, tardó unos segundos en caer en la cuenta de que habían cambiado completamente de tema–. Pues pensaba ir a algún museo con Samantha y poco más. Puede que mañana termine un poco antes y salga con mis amigos, ahora que me ha metido la idea en la cabeza.

–El viernes podríamos ir al zoo.

Aquello era una interesante novedad. En vez de dejarse llevar estaba aportando ideas propias. El rostro de Tess se iluminó de pura alegría al tiempo que asentía con aprobación. Ella se haría a un lado y observaría a padre e hija en la distancia, recordando que su relación con ellos era puramente laboral.

Matt la estudió cuidadosamente mientras una idea comenzaba a tomar forma en su cabeza: invitaría también a Vicky. Verlas juntas, una junto a otra, pondría punto final a esas alocadas e inútiles fantasías. Puede que Vicky y él no estuvieran destinados a una relación larga y duradera, pero su presencia serviría como recordatorio de lo que él buscaba en el sexo opuesto.

Una vez satisfecho con su plan, y sintiéndose de nuevo en control de la situación, pidió la cuenta.

Capítulo 4

DURANTE los dos días siguientes Tess tuvo tiempo de sobra para reflexionar sobre sí misma. La conversación con Matt le había hecho caer en la cuenta de que ciertos aspectos de su personalidad, de los que ella había estado siempre muy segura, tenían una base algo endeble. Siempre se había considerado un espíritu libre mientras que sus hermanas habían sido el desgraciado blanco de las ambiciones de sus padres. Estos no habían ido a la universidad. Su madre había sido camarera de comedor del colegio vecino, mientras que su padre tenía un empleo en el departamento de contabilidad de una empresa de electricidad. No obstante, ambos eran inteligentes, y en otras circunstancias, habrían estudiado y hecho realidad sus sueños. Pero las cosas no habían sido así y, en consecuencia, se habían tomado un interés desmesurado en el éxito académico de Claire y Mary.

Desde pequeña, Tess se había marcado un camino del que no se había desviado. No permitió que sus padres se hicieran ilusiones acerca de sus capacidades, convencida como estaba de que la vida le gustaba demasiado como para desperdiciarla encerrándose en una habitación llena de libros. Le gustaba probar esto y aquello, vivir nuevas experiencias. Se negaba a atarse a nada, siempre orgullosa de su sed de libertad.

El punto de vista de Matt había empañado su superficial concepción de las cosas. Se preguntó si su actitud despreocupada no estaría enraizada en un miedo profundo a competir. Si no intentaba conseguir algo no podía fallar, como le había dicho el primer día, y ella nunca había intentado nada, por lo que nunca se había preparado para el fracaso. Se había sentido ofendida ante el comentario de que le faltaba confianza en sí misma, pero en el fondo sabía que no había sacado el máximo partido a sus cualidades. ¿Podría ser que, dentro de la chica mona, popular y despreocupada hubiera otra nerviosa y asustada que disimulaba su inseguridad tratando de aparecer ante el mundo como la antítesis de sus hermanas? ¿Que hubiera cultivado una vida social, estando siempre disponible para los demás, dispuesta a echar una mano, porque así se demostraba a sí misma que valía tanto como sus dos inteligentes hermanas?

A Tess no le gustaba el derrotero que estaban tomando sus pensamientos, pero no podía controlarlos; uno generaba otro, como si estuvieran encadenados.

Por primera vez no tuvo ganas de compartir confidencias con Claire. Al contrario, se alegró de que se hubiera marchado de vacaciones con Tom y de que no volviera hasta la semana siguiente.

El viernes por la mañana, mientras se arreglaba para la expedición al zoo, abordó otro tema que la había estado incomodando últimamente, la otra pistola cargada con la que Matt la había apuntado. ¿Por qué había abandonado de repente su vida social? Había llegado a Manhattan desde Irlanda dispuesta a divertirse mientras decidía qué tipo de trabajo querría buscar a su vuelta. ¿Cómo había llegado a una situación en la que sacrificaba voluntariamente su vida social por un empleo? ¿Por qué la idea de salir y pasárselo bien con gente de su edad la dejaba indiferente? Le caía bien Samantha y le encantaba los pequeños cambios que detectaba en su personalidad a medida que pasaban los días; era como ver a una mariposa emergiendo de su capullo. Pero, aparte de eso, disfrutaba de la compañía de Matt porque este le gustaba.

Tess había tardado en reconocerlo porque nunca le había gustado nadie de verdad. No se había preguntado por qué lo miraba de reojo ni por qué reaccionaba su cuerpo de esa manera cuando estaban juntos. Allí mismo, mientras se ponía una camiseta de rayas blancas y azules y se cepillaba el pelo antes de recogérselo en una coleta, sintió que su cuerpo hormigueaba ante la idea de verlo. Él era la razón por la que se había olvidado de su vida social. Él era la razón por la que pasaba las noches en su apartamento, sentada con Samantha en el sofá viendo la tele mientras Matt hacía como que la veía con el periódico en una mano y una copa en la otra.

Tess sintió una corriente de excitación dentro de sí. Se sentía poderosamente atraída hacia aquel hombre y era una sensación deliciosa aunque no fuera correspondida. Porque nunca lo había sorprendido mirándola de reojo y no podía imaginárselo sintiendo por ella lo que ella sentía por él. Pero era igualmente excitante. ¿Y quién sabía lo que le deparararía el futuro?, pensó con el optimismo con el que afrontaba la mayoría de las situaciones.

Pasó mucho calor en el trayecto hacia Pelham Parkway, pero afortunadamente se había puesto unos pantalones de lino frescos y unas chanclas. Aquel iba a ser un día largo. El parque era gigantesco, uno de los zoos urbanos más grandes del mundo. Había quedado con Matt en enviarle un mensaje de texto en cuanto llegara para acordar un punto de encuentro. Pero el haber tomado conciencia de sus sentimientos hacia él hizo que, en su lugar, contactara con Samantha y se dirigiera hacia un lugar en el que esperarlos.

Mientras caminaba sintió hambre y se compró un perrito caliente gigante. Acababa de darle el primer bocado cuando apareció Samantha corriendo hacia ella. La niña ya no iba vestida tan remilgadamente como antes. Llevaba unos shorts vaqueros, alpargatas planas y una camiseta que anunciaba un musical para adolescentes.

–Dale un bocado –dijo Tess ofreciéndole el perrito caliente a Samantha mientras se ponía en pie–. No voy a poder terminármelo.

–Pensé que ibas a dejar la comida basura –replicó Samantha aceptándolo sonriente– para mantener la línea.

–Empiezo el lunes; lo he apuntado en la agenda.

–Será mejor que vayamos, nos están esperando.

«¿Nos están esperando?»

–Vicky estaba cansada y quería descansar, y eso que ha estado sentada en el trenecito veinte minutos.

Samantha hizo una mueca mientras Tess trataba de registrar un nombre que nunca había oído mencionar y que no significaba nada para ella. ¿Sería un familiar?

Siguió apresuradamente a Samantha y unos minutos después llegaron a una cafetería de las muchas que había desperdigadas por el parque. Estaba a reventar. Había muchos niños comiendo helados y los bebés, demostrando más sentido común que los adultos, protestaban en sus sillitas porque tenían calor y querían irse de allí.

Sus ojos encontraron automáticamente a Matt y sonrió al comprobar que presentaba el aspecto que ella esperaba al imaginárselo fuera del ambiente de comodidad y bienestar al que estaba acostumbrado. Era un hombre habituado al aire acondicionado en verano y a empleados que hacían sus compras para evitarle la incomodidad de tener que lidiar con las multitudes. Que él mismo hubiera sugerido una excursión al zoo y aceptado las molestias inherentes a la misma, era una verdadera señal de lo decidido que estaba a involucrarse en la vida de su hija.

Le costó apartar la vista de él. Estaba guapísimo con sus pantalones color tabaco y el polo azul marino. Matt se quitó las gafas de sol que llevaba y Tess se estremeció al sentir sus ojos puestos en ella mientras se abría paso entre la muchedumbre.

Él había cambiado por completo su concepto de la atracción sexual. Hasta entonces había pensado, equivocadamente, que como él representaba un tipo de personalidad que ella no consideraba atractivo, su cuerpo permanecería indiferente ante él. No había tenido en cuenta que su cuerpo tenía voluntad propia.

Cuando Samantha llegó junto a su padre Tess se fijó en la persona que estaba sentada junto a él. Una mujer muy atractiva con una melenita cuidadosamente cortada a la altura de la barbilla que sostenía remilgadamente una taza entre las manos y ocultaba toda expresión facial tras unas gafas de sol. Una chaquetita de seda de color amarillo pálido le cubría los hombros.

Matt hizo ademán de ponerse en pie para saludarla, pero su acompañante permaneció sentada, si bien se colocó las gafas sobre la cabeza mostrando unos ojos fríos color café.

–Tess... te presento a Vicky.

Matt estaba estresado. Estaba resultando una mañana difícil. Samantha se había disgustado al descubrir que Vicky se había apuntado a lo que iba a ser una agradable salida para los tres. Aunque Matt pensó que era saludable que la niña se diera cuenta de que Tess no formaba parte de la familia, no pudo evitar sentir que los progresos que había hecho con su hija se habían visto en cierto modo menoscabados por su decisión de incluir a Vicky en la excursión.

Él mismo había tenido una reacción decepcionante al verla. Su interés por ella no se había reavivado; al contrario, su presencia le irritaba.

Apenas conocía a Samantha, pero había intentado inmediatamente establecer una relación con ella. Matt se dio cuenta de que su hija se había encerrado en su caparazón y lo culpaba por la desagradable situación creada. La mañana estaba resultando una pesadilla, y ahora que veía a Tess junto a Vicky comenzaba a hacer comparaciones odiosas.

—¡Así que tú eres la niñera! —la saludó Vicky sonriendo con frialdad—. Matt me ha hablado de ti en sus correos electrónicos. Ha sido una bendición que aparecieras cuando lo hiciste. Esta muchachita estaba siendo supertraviesa con las niñeras, ¿verdad, cariño? Eres muy joven, ¿no?

¿Correos electrónicos? A Tess no le hacía mucha gracia que hablaran de ella a sus espaldas y comenzaba a entender que aquella chica era la novia de Matt. La idea de que tuviera pareja la había dejado atónita, pero cuanto más lo pensaba más natural le parecía. Los hombres como Matt Strickland estaban rodeados de mujeres al acecho. Era rico e increíblemente guapo. De pronto su tonto enamoramiento le pareció increíblemente ingenuo.

Aquella mujer era mucho más el tipo de Matt. Era lista y competente y, a medida que pasaba el día, estaba cada vez más claro que no había nada que aquella mujer no hubiera logrado o estuviera a punto de conseguir.

Vicky no paraba de hablar. Bromeaba con Matt, que sonreía forzadamente y no contribuía apenas a la conversación. Aleccionaba a Samantha sobre cada uno de los animales que encontraban, sin inmutarse ante el silencio hostil de la chiquilla. Informó a Tess de todos los títulos que había obtenido y de su progreso profesional, desde que empezó como ejecutiva junior de una empresa hasta que alcanzó su puesto actual como consejera delegada de una de las compañías más poderosas del país. Era espabilada y segura de sí, y había llegado más lejos en su carrera de lo que la mayoría de las mujeres pudieran soñar.

Matt seguramente no haría comentarios jocosos sobre sus gustos televisivos. Mantendría con ella interesantes discusiones sobre la coyuntura económica y la política mundial.

Tess aguantó educadamente dos horas y media antes de anunciar que se marchaba. Samantha, al igual que ella, llevaba un buen rato languideciendo. Una sombra de la exuberante chiquilla que había sido la semana anterior.

Matt pensó, frustrado, que aquello estaba resultando un desastre. ¿Qué demonios pretendía Vicky? Había monopolizado la conversación, hablado de sí misma sin parar y tratado de ganarse a Samantha por todos los medios.

–Pero si acaba de llegar –comentó frunciendo el ceño mientras Tess manoseaba nerviosa el cierre de su mochila–. ¿Qué es eso de que se va?

–Tengo cosas que hacer.

–Su jornada de trabajo no ha terminado; todavía no son las cinco y media.

Vicky entrelazó su brazo con el suyo y se apoyó sobre él, provocándole una irritación considerable.

–Podríamos irnos de aquí y hacer algo –intervino Samantha con su voz infantil–. Tess podría llevarme a casa, ¿verdad, Tess? Y de camino podríamos parar a comer una hamburguesa y patatas fritas –añadió recordando que en algún momento del día Vicky había soltado una perorata sobre los peligros de comer comida basura mientras veía cómo desaparecía el último bocado de perrito caliente en la boca de Samantha.

–Se irá cuando nos vayamos nosotros –dijo él con voz áspera mirando a su hija, que le lanzó una mirada adusta y porfiada–. Y no quiero protestas, Samantha. Soy tu padre y harás lo que yo te diga.

Los ánimos estaban caldeados y el calor sofocante no ayudaba. Tess se preguntó con amargura si Matt no habría preferido quedarse en casa con su novia. ¿Pero no se daba cuenta de que su relación con Samantha era todavía muy frágil y que regañarla así no iba sino a desmantelar lo que habían conseguido construir?

Sintió que les había fallado a los dos. Trató de convencerse de que la relación entre padre e hija no era problema suyo: ella no era más que un barco en la noche que pasaba momentáneamente por sus vidas. Pero al ver a Samantha al borde de las lágrimas en medio de la muchedumbre se sintió de pronto muy desgraciada.

–Estaré en el trabajo puntual el lunes por la mañana –dijo con jovialidad–. O quizá podríamos hacer algo mañana, si te apetece... –la sugerencia iba dirigida a

Samantha, pero Vicky se apresuró a intervenir, apretando suavemente el brazo de Matt.

–Ya nos arreglaremos –replicó con voz gélida–. Acabo de llegar de un viaje por el Lejano Oriente. Me gustaría pasar el fin de semana sola con mis chicos. Además, ¿no tienes nada mejor que hacer que pasar el sábado con una niña de diez años?

Aquellas palabras le sirvieron para recordarle que tenía que tomar las riendas de su vida. Matt le había hecho un comentario parecido. ¿Habrían bromeado a su costa en sus correos electrónicos? La niñera patética sin vida propia en una de las ciudades más excitantes del mundo.

El trayecto de vuelta al apartamento de su hermana se le hizo largo y tedioso. Lo bueno era que allí no habría nadie a quien dar explicaciones sobre su deprimente estado de ánimo. Lo malo era que en el fondo le apetecía llorar sobre el hombro de alguien.

No podía dejar de pensar que había hecho el idiota deseando a un hombre que no mostraba ningún interés en ella. Era muestra de su propia vanidad el que nunca se le hubiera pasado por la cabeza que él pudiera tener pareja. No parecía haber ninguna mujer a la vista y él no había nombrado a ninguna, por lo que había sacado sus propias conclusiones, que habían resultado ser erróneas.

Un poco después de las ocho sonó el zumbido del timbre. Claire tenía portero automático en el apartamento, que era un sistema excelente de evitar visitantes no deseados. Se les podía ver por una pequeña cámara de televisión y uno podía dejar que sonara el timbre hasta que captaban el mensaje y desaparecían.

El corazón le dio un vuelco cuando vio la cara de Matt. Parecía impaciente e irritado y Tess se propuso ignorarlo, pero se vio a sí misma descolgando el auricular para preguntarle qué quería.

–A usted. Necesito hablar con usted.

–¿Sobre qué? Pensé que iba a pasar el fin de semana jugando a las casitas con su novia –se llevó la mano a la boca nada más hablar–. Perdóneme, estoy cansada. ¿No puede esperar hasta el lunes?

–No, no puedo. Ábrame.

–¿Qué es tan importante que no puede esperar? –insistió–. Estaba a punto de irme a la cama.

–No son todavía las nueve y es viernes por la noche. No está a punto de irse a la cama. Ábrame.

–¿Qué es lo que quiere? –fue lo primero que le preguntó al abrir la puerta. Matt llevaba la misma ropa que aquella mañana en el zoo. Ella, sin embargo, se había puesto unos pantalones de pijama negros y una camisetilla. No llevaba sujetador. Cruzó los brazos sobre el pecho y retrocedió unos pasos, siguiéndolo con la mirada mientras él entraba en el apartamento y se dirigía a grandes zancadas hacia la cocina.

–Creo –dijo abriendo la nevera y sacando una cerveza, que abrió tras encontrar un abrebotellas en uno de los cajones–, que necesito beber algo.

–Oiga, no puede presentarse aquí y...

–Su hermana está fuera, ¿no? ¿Visitando a los padres de su novio, si no me equivoco?

–¿Con quién está Samantha, con su novia?

Matt se bebió un cuarto de la botella de un solo trago mirándola fijamente. Tess sintió la tensión recorriéndole la espina dorsal. ¿Qué querría? Cada vez que se acordaba de la emoción con la que se había vestido pensando en él aquella mañana volvía a sentirse desbordada por la humillación.

–Lo de hoy no ha ido como yo lo planeé –afirmó

Matt terminándose la cerveza y considerando la posibilidad de abrirse otra. Pero ya había bebido demasiado, y su chófer había tenido que llevarlo hasta el apartamento de Tess. ¿Pero para qué estaba el alcohol si no era para suavizar las situaciones incómodas? Había cometido un tremendo error pidiéndole a Vicky que los acompañara. Un inmenso error de cálculo. Algo muy difícil de digerir para un hombre que casi nunca los cometía. Se sirvió otra cerveza dirigiéndole una mirada desafiante a Tess, que lo observaba muda de asombro.

—No —convino Tess, tirante—. Si lo que quería era pasar tiempo con su novia una salida en grupo no era lo más oportuno. ¿O acaso pensó que yo serviría de amortiguador entre ella y su hija?

Matt inclinó la cabeza hacia atrás para dar otro trago y volvió a fijar los ojos en ella.

Atrapada en su oscura y absorta mirada, Tess sintió un incómodo hormigueo en la piel, que le recordó lo débil que había sido al perder la cabeza por aquel hombre. La intensidad de su silencio le resultó odiosa. Era como si él se hubiera metido en su cabeza y estuviera sacando a la luz todas sus dudas y debilidades. Ya la había obligado a enfrentarse a defectos de los que no había sido consciente.

Se apartó de él y se desplomó en una de las sillas de la cocina.

—Me ha dado la impresión de que Vicky no ha tratado mucho a Samantha.

—Apenas —convino Matt.

—¿Cuál era el plan? ¿Hacer que la niñera preparara el terreno para jugar a la familia feliz?

—Nunca he considerado a Vicky como posible miembro de una familia feliz —repuso dejando la botella en la encimera y dirigiéndose hacia una silla en la que desplomó indolentemente su cuerpo, relajado bajo la influencia del alcohol.

–Eso no es asunto mío –murmuró Tess.

–El caso es que me he dado cuenta yo solito –dijo con una breve carcajada mientras estiraba las piernas y se metía una mano en el bolsillo del pantalón.

–No sé de qué me habla. ¿Ha estado bebiendo?

–¿Qué le hace pensar eso? –la miró fijamente con una expresión burlona que hizo que Tess sintiera frío y calor al mismo tiempo. Aunque apartó apresuradamente la mirada, siguió sintiendo los ojos de él observándola como nunca lo había hecho antes, de un modo pausado y sin prisas que la hizo estremecer.

–He dejado que esta relación se me vaya de las manos –explicó Matt–. Mientras yo pensaba que vivíamos una aventura sin importancia, ella estaba haciendo planes.

–¿Qué tipo de planes? –Tess estaba fascinada y quería saber más. Matt nunca había soltado prenda acerca de su vida privada, pero aquel no era el Matt que ella conocía. Estaba descubriendo un lado de él que hasta entonces había estado oculto y se moría de curiosidad.

–¿Se lo está pasando bien? –rio él con suavidad haciéndola sonrojar.

–¡Por supuesto que no! Es usted el que ha venido aquí, no lo olvide. Y si quiere hablar, por mí no hay problema.

–La verdad es que no he venido a hablar de Vicky –murmuró echándose hacia atrás en la silla–. Usted me distrae, me hace perder el hilo de lo que quería decir.

–Yo no le hago perder el hilo de nada –replicó ella

con brusquedad. Pero el calor que la quemaba por dentro le resultó delicioso.

–Tiene razón, es el efecto de la bebida. Trataré de no desviarme. Mi hija ha vuelto a las andadas –explicó apoyando los codos sobre los muslos y cerrando los ojos con los pulgares.

Su lenguaje corporal era un claro signo de abatimiento y Tess no vaciló en acercarse a él, pero se quedó unos instantes sin saber qué hacer, hasta que finalmente arrastró la silla hacia ella para sentarse a su lado. ¿Debía darle unas consoladoras palmaditas en la espalda? Confusa, optó por sentarse sobre sus propias manos.

–¿Qué quiere decir?

–Pues que... se ha encerrado en su habitación en cuanto hemos vuelto a casa –contestó pasándose la mano por el pelo.

–¿Y no ha intentado hablar con ella?

–¡Claro! Entré en su dormitorio, pero estaba tumbada en la cama de espaldas a mí y con los auriculares puestos. ¡No podía obligarla a mantener una conversación!

–¿Qué hizo?

–Me tomé un par de whiskys, uno detrás de otro. En el momento me pareció buena idea.

–¿Y Vicky?

–La mandé a casa. La cuestión es que he vuelto al punto de partida. Es como si el camino recorrido no hubiera servido para nada.

–¡Eso no es verdad!

–¿No? ¿Me puede explicar entonces por qué ha reaccionado así?

–¡Tiene diez años! No es capaz de procesar las cosas igual que un adulto. Ha sufrido una desilusión; seguramente pensó que le tendría a usted todo el día para ella sola...

–Dirá «que nos tendría a los dos».

–No –repuso ella con firmeza–. A usted. No contaba con que apareciera su novia ni con que esta fuera tan posesiva

–Yo tampoco –musitó entre dientes.

Vicky había hecho grandes planes: un trabajo para los dos en el Lejano Oriente, la niña convenientemente enviada a un internado... ¡Si hasta había tanteado posibles adquisiciones que él podría hacer mientras vivieran en Hong Kong! Se había quedado horrorizado y furioso, y se culpaba a sí mismo por haber bajado la guardia. Pero la relación con su hija era lo que más se había resentido a causa de su descuido y no sabía qué hacer para salvar la situación.

–Samantha no...

–No hace falta que se ande con pies de plomo. Ya he estropeado las cosas. Creo que puedo soportar oír lo que tiene que decir.

–¡No lo ha estropeado! Es solo que Samantha... Verá, creo que no entiende por qué le ha visto tan poco a lo largo de los años

–¿Eso le ha dicho?

–Ha hecho comentarios ocasionales. No quiero que piense que nos hemos sentado a contarnos confidencias; creo que los niños de su edad no hacen eso, no saben cómo hacerlo. Es una idea que me he ido formando con el tiempo.

–¿Se la ha ido formando? ¿Y qué opina al respecto?

–¿Qué quiere que le diga? Usted nunca me ha hablado de su matrimonio y, de todas maneras, estaría fuera de lugar que yo mantuviera esa conversación con su hija. Eso es algo que tiene que hacer usted. Y espero que lo haga, con el tiempo.

–Dios mío, qué desastre.

Parecía abatido y ella puso una vacilante mano sobre su hombro. Cuando él la agarró Tess pensó que era para rechazar educadamente su gesto de compasión, pero él, en lugar de soltarla, se puso a juguetear distraídamente con sus dedos con el ceño fruncido.

–Catrina y yo éramos la pareja ideal en teoría. Nuestras familias se conocían. Nos movíamos en los mismos círculos y procedíamos del mismo ambiente. Se podría decir que nos entendíamos bien, y nos tuvimos que entender todavía mejor cuando Catrina se quedó embarazada. A mí no me sentó mal. Era joven, pero no me importaba casarme, y eso hicimos. Con toda la pompa y ceremonia que el dinero puede pagar. El matrimonio empezó a ir mal casi inmediatamente. Catrina era una vividora y yo, un adicto al trabajo. Ella no entendía por qué me esforzaba en ganar dinero; en su opinión mi trabajo debería haber consistido en llevar una vida mundana: pasar los meses de invierno esquiando, las vacaciones de verano en la casa que sus padres tienen en las Bahamas, aprender a jugar al golf. Una vida como la suya.

Tess trató de imaginarse a Matt aprendiendo a jugar al golf y disfrutando de unas largas vacaciones, pero no lo consiguió. Él seguía jugueteando con su mano, lo que despertaba unas sensaciones extrañas en su cuerpo. Aunque deseaba concentrarse al cien por cien en lo que él contaba, parte de ella estaba pendiente del hormigueo que recorría sus pechos, la humedad que se extendía entre sus muslos, la cálida sensación en el estómago que le hacía desear cerrar los ojos y lanzar un profundo suspiro.

—Cuanto más se quejaba ella más me encerraba yo en mi trabajo. El divorcio se perfilaba en la distancia. Pero creo que no habríamos dado ese paso si yo no hubiera descubierto que el que fue padrino de mi boda estaba dedicándose a los deberes con los que yo no cumplía.

Tess pensó en lo duro que debía de haber sido para un hombre tan orgulloso como Matt.

—Mi relación con Samantha ha estado marcada por el divorcio —le lanzó una sonrisa torcida—. ¿Se le ocurre qué puedo hacer?

Capítulo 5

NO LO entiendo. ¿El juez no les dio la custodia compartida?

–Una mujer despechada tiene muchas herramientas a su disposición para salirse con la suya en un tribunal –respondió Matt–. Cancelaba caprichosamente los fines de semana. Perdí la cuenta de las veces que fui hasta Connecticut para descubrir que Catrina se había llevado a la niña de viaje a Dios sabe qué lugar dejando que fuera una desconcertada criada la que me explicara, en mal inglés, por qué no podía ver a mi hija ese fin de semana. Le llevaba juguetes que tenía que dejar en una casa vacía y nunca llegaba a averiguar si llegaban a manos de Samantha o no.

Los ojos de Matt centellearon con amargura. Era un hombre que no solía confiar en nadie y Tess sospechaba que se arrepentiría de haber compartido confidencias con ella, pero aun así le acarició el rostro con mano temblorosa mientras su mente vagaba por unos derroteros que no podían traer nada bueno.

Había hecho tantos esfuerzos por convencerse de que lo que sentía por Matt no era más que lujuria que no se había percatado de que sus sentimientos por él eran mucho más profundos. Hacía tiempo que había dejado de ser una mera espectadora de los problemas de otra persona. No había renunciado a su vida social porque le gustara Matt Strickland y quisiera pasar tanto tiempo como pudiera en su compañía, como si fuera una adolescente obsesionada. Había dejado a un lado su propia vida porque sin darse cuenta se había visto absorbida por la de él. Al principio lo había considerado el tipo de hombre que se aprovecha de todo y de todos los que tiene alrededor, pero poco a poco había empezado a vislumbrar aspectos de una personalidad más compleja y absorbente.

Había sido testigo de cómo controlaba su inclinación natural a imponerse a los demás con el fin de progresar en la relación con su hija. Se había sentido embaucada por una gracia y una inteligencia mucho mayores de lo que había imaginado, seducida por los destellos de humanidad que mostraba cuando bajaba la guardia. Se había enamorado de aquel hombre, con sus virtudes y sus defectos, y el tiempo que había pasado ignorando la realidad no había servido para protegerla, al contrario, la había vuelto terriblemente vulnerable.

Volviendo la vista atrás Tess se daba cuenta de que el amor había estado acechándola, listo para capturarla y volver su mundo del revés. Matt Strickland la había arrollado. Ella, que esperaba encontrar una relación serena y comedida, no estaba preparada para la potencia y el caos del verdadero amor. Había esperado que el hombre del que se enamorara fuera amable y sensible y se sentía completamente vulnerable ante un hombre que le había robado violentamente, y de improviso, el corazón.

Este le latía a mil por hora. No sabía qué hacer, tal era su inexperiencia. Nunca se había acostado con ningún hombre, algo que no le parecía extraordinario. Simplemente, no le había llegado el momento, y ella lo aceptaba con toda naturalidad.

—Mi relación con Samantha se enfrió —continuó él

con pesar–. Nada de lo que yo hiciera, cuando por fin conseguía verla, parecía contrarrestar los efectos de la separación y solo Dios sabe lo que Catrina le contaría a mis espaldas. Y justo cuando pensaba que habíamos hecho progresos... ¡pasa esto!

–Y ha venido aquí... –murmuró Tess.

–¿Adónde si no? Usted conoce la situación mejor que nadie.

Él la miró a los ojos y Tess comenzó a respirar con dificultad. De pronto, la atmósfera entre ellos cambió. Tess notó que se había quedado muy quieto. No conseguía pensar a derechas ni tampoco apartar la mirada de aquel rostro oscuro e increíblemente bello. Lo deseaba tanto que sintió un dolor físico.

Se inclinó hacia él y le dio un casto beso en la mejilla. El contacto le produjo una descarga tan intensa que estuvo a punto de retroceder, tambaleándose.

–Todo se arreglará –susurró con voz ronca–. Samantha ha tenido un día decepcionante, pero eso no afectará a la relación que ha forjado con ella.

Tess se estaba perdiendo en la intensidad de su mirada y, gimiendo levemente, hizo algo inconcebible. Le colocó la palma de la mano sobre el pecho y de nuevo se inclinó hacia él. Solo que esta vez no lo besó en la mejilla, sino en los labios. Una exquisita corriente de placer la recorrió impidiéndole analizar lo que estaba haciendo.

No se le ocurrió pensar que estuviera haciendo el ridículo; había actuado impulsivamente y no se arrepentía.

Cuando él la tomó por la nuca y la atrajo hacia sí, Tess sintió que se derretía, como si aquel fuera el momento que justificara toda su existencia.

Él no había ido a su apartamento buscando eso. ¿O

sí? Tess fue la primera persona en la que pensó cuando las cosas se pusieron feas. Había llamado a la empleada doméstica, a la que esperó junto a la puerta, y en cuanto esta llegó él fue en busca de Tess... ¿para qué? ¿Qué esperaba que ocurriera? ¿Había sucumbido inconscientemente al deseo de llevársela a la cama? Quedar con Vicky había sido un desastre total y absoluto. No solo desde el punto de vista de su hija. Al verla junto a Tess se había dado cuenta de pronto de que no recordaba qué había visto en aquella mujer.

Su escultural belleza le parecía ahora angular y nada atrayente. Tess era suave, su rostro expresivo y transparente, mientras que Vicky era una mujer dura y ambiciosa. Sus monótonos monólogos sobre el mercado de Hong Kong lo aburrían e impacientaban.

¿Había acudido al apartamento de Tess impulsado por algo más que una simple necesidad de desahogarse?

El hecho de que hubiera necesitado desahogarse le sorprendía.

Los labios dulces y húmedos de Tess lo estaban volviendo loco, pero hizo un intento por controlar la situación.

—¿Qué está pasando aquí? —la apartó, y su determinación se derrumbó al sentir el cuerpo tembloroso de Tess entre sus brazos—. No deberíamos estar haciendo esto.

—¿Por qué no?

—¡Por muchas razones!

—¿No se siente atraído por mí?

—Esa no es una de ellas —su boca la buscó con un ansia que provocó en Tess una explosión de placer como nunca había conocido.

—¡La cocina no es lugar para hacer el amor! —gruñó

Matt tomándola en sus brazos y caminando hacia el dormitorio. Abrió por error la puerta de la habitación de Claire antes de llegar a su destino, dos segundos más tarde.

La depositó sobre la cama, y ella se quedó mirándolo mientras corría las cortinas y se quitaba el cinturón de un tirón. Recuperada de la embriaguez que le producía el contacto con su cuerpo, reparó en su virginidad. No había planeado aquella situación y no sabía cómo hacerle frente. Lo único que sabía era que ya no había marcha atrás. Y no le importaba. ¡Estaba enamorada de él! No pensaba hacer caso de ninguna vocecita interna que tratara de advertirla de las consecuencias. Todos los actos tenían consecuencias. Si detuviera el curso de los acontecimientos tendría que vivir para siempre con las consecuencias de dicha acción, preguntándose cómo se habría sentido al entregarse a aquel hombre grande y poderoso que le había robado el corazón.

Optimista por naturaleza, jugueteó con la idea de que aquello podía llevarles a cualquier sitio, ¿quién sabía?

Matt se quitó la camisa y Tess contuvo el aliento al apreciar la belleza musculosa de su cuerpo, las ondulaciones de los tendones, la definición de su torso. Se llevó la mano a la cremallera y ella estuvo a punto de desmayarse de la excitación. La ropa le resultaba un incordio, pero no se atrevió a quitársela.

Avanzó lentamente hacia Tess, que retrocedió y miró hacia otro lado mientras oía abrirse la cremallera y el ruido de los pantalones cayendo al suelo. Parpadeó varias veces mientras él se bajaba la cremallera. Cuando volvió a mirarlo, tímidamente al principio, se quedó hipnotizada por su poderoso y erecto miembro.

Sentada sobre la cama, introdujo los dedos bajo la camiseta.

–He imaginado esto muchas veces –masculló Matt entre dientes.

–¿De verdad?

–¿Por qué te sorprende? Eres increíblemente sexy, debes de ser consciente del efecto que tienes sobre los hombres... No, no hagas nada. Quiero quitarte la ropa poco a poco –dijo esbozando lentamente una sonrisa antes de subirse a horcajadas sobre ella.

Ella lo fascinaba y no podía aguantar un segundo más. La cubrió con su cuerpo y la besó apasionadamente, con el ansia de un adolescente excitado, mientras introducía una mano bajo sus pantalones de seda. El tacto de su satinada piel estuvo a punto de hacerle perder el control y tuvo que hacer un supremo esfuerzo para no ponerse en evidencia.

No llevaba sujetador. Se había fijado en ello en cuanto entró por la puerta. Acarició sus senos a través de la delgada tela de la camiseta, sintiendo cómo llenaban sus manos, cómo se le endurecían los pezones.

Quería hacerlo lentamente, tomarse su tiempo, y le sorprendió darse cuenta de que llevaba semanas fantaseando inconscientemente sobre aquello. Se incorporó y le quitó la camiseta con una sola mano.

–¡Dios mío, eres preciosa! –dijo con voz ronca al tiempo que se metía un pecho en la boca y jugueteaba con el pezón con la punta de la lengua mientras ella gemía.

Tess, que hasta entonces había pensado que a Matt le era totalmente indiferente, se encontraba en el séptimo cielo. Él la deseaba, pensaba que era preciosa. De momento era suficiente. Enredando las manos en su pelo le empujó la cabeza hacia abajo para que pudiera lamerle mejor el pezón. Matt forcejeó con sus pantalones y se incorporó ligeramente para quitárselos.

El efecto que tenía sobre ella era electrizante. Sintiendo que su cuerpo había sido diseñado para ser acariciado por aquel hombre lo arqueó al tiempo que gemía con impotencia mientras él continuaba explorando sus pechos con la boca. Tess deslizó las manos por sus hombros y palpó los músculos en tensión.

No conseguía estarse quieta. Cuando alzó su cuerpo desnudo y el miembro erecto de él la rozó sintió algo parecido a una explosión.

Tess había tenido novios, pero ninguno le había afectado de aquella manera. Nunca había sentido el deseo de entregarse a ellos como quería hacerlo en aquel momento con Matt. Había disfrutado con sus besos e inexpertas caricias, pero lo que estaba sucediendo ahora era algo completamente diferente.

Él le separó las piernas con una mano mientras su miembro comenzaba a culebrear entre los muslos de Tess, que estaba al borde de la histeria.

–Háblame –le ordenó con ansia y Tess lo miró, confundida.

–¿Sobre qué?

–Sobre lo mucho que me deseas. Quiero que me lo digas...

Riendo calladamente, le demostró exactamente lo que quería. Le habló de lo mucho que la deseaba y de lo que iba a hacer con ella al tiempo que apretaba su erección contra sus muslos separados. Tess se estaba volviendo loca.

–Te quiero dentro de mí, ahora mismo... –gimió ella pensando que no podría soportarlo más.

–Todavía no he terminado de saborearte.

Comenzó a trazar un camino a lo largo de su cuerpo, paladeando el sabor salado de su sudor. Era tan apasionada como él y eso le gustaba. Era pródiga en el amor, como con todo. Tal y como él había esperado, no se guardaba nada para sí. Su personalidad era franca, abierta, generosa. Y así era también su forma de hacer el amor.

Se detuvo brevemente al llegar a sus muslos y, apoyado sobre sus manos, admiró el montículo suave y femenino rebosante de humedad. La fragancia dulce y almizclada que despedía estuvo a punto de hacerle perder el control sin ni siquiera haberla tocado. Algo que tenía toda la intención de hacer, con sus manos, sus dedos, su boca, hasta que ella le rogara que parara.

Sopló suavemente, haciéndola estremecer. Tess estaba descubriendo una faceta de ella misma hasta entonces desconocida; no habría podido detenerse aunque hubiera querido. Nunca había sentido la excitación provocada por un hombre, pero claro está, nunca había conocido a un hombre como Matt.

Él separó suavemente los delicados labios de su feminidad e introdujo su lengua entre ellos emitiendo un leve gemido de placer. Tess abrió la boca y se cubrió la cara con un brazo. La sensación era tan exquisita que se había quedado sin respiración. Sintió una deliciosa flojera en todos los músculos de su cuerpo y se dejó llevar por las sensaciones que le provocaba esa boca suave y persistente que no dejaba de saborearla.

Aquella cabeza oscura entre sus piernas era lo más erótico que había visto en toda su vida. Los movimientos de su boca eran cada vez más exigentes y ella no podía estarse quieta, su cuerpo estaba perdiendo el control. Pero antes de que llegara al éxtasis, Matt se levantó jadeante.

–Necesito –masculló tembloroso– un preservativo.

–Por favor –gimoteó ella. No podía dejarla así ahora para ir a buscar protección. Sus periodos siempre habían sido regulares. No había riesgo de embarazo y necesitaba que la penetrara sin más dilación. Su cuerpo se lo estaba pidiendo a gritos.

–No te preocupes, lo tengo todo bajo control –jadeó ella.

Matt no precisó más estímulo pues tampoco estaba seguro de si tenía preservativos. Era muy cuidadoso y siempre llevaba protección, pero su vida sexual con Vicky había sido esporádica y, en cualquier caso, ella tomaba la píldora. Se dio cuenta, inquieto, de que si ella no le hubiera dado luz verde por no tener preservativos no habría podido contenerse, tal era la necesidad que sentía de tomarla. Nunca en toda su vida se había sentido tan fuera de control. Para alguien tan disciplinado como él era extrañamente emocionante librarse de las ataduras y dejarse llevar.

La penetró con tanta intensidad que la hizo gritar de dolor. Confuso, Matt salió de su cuerpo. Sabía que su miembro era grande... y ella parecía tensa. ¿Podría ser que...?

–¿Eres virgen? –preguntó con incredulidad, y Tess apartó la cabeza.

El dolor inicial estaba desapareciendo, dejando en su lugar la angustiosa necesidad de sentirlo de nuevo en su interior.

–Sigue, Matt... Por favor, te necesito...

–Mírame –dijo con voz ronca–. Lo haré con cuidado.

Le sostuvo la mirada mientras se movía, lento pero seguro, a un ritmo que la dejó sin aliento. Aunque la había acariciado en lugares inimaginables, tenerlo en su interior era el gesto más íntimo de todos. Tess le rodeó la cintura con los brazos y su cuerpo se vio sacudido por los movimientos rápidos e intensos de Matt. Sintió su descarga física justo en el momento en que perdía el control de su propio cuerpo y lanzó un grito al tiempo que le clavaba las uñas en la espalda. Nunca había experimentado nada tan maravilloso como los espasmos que acompañaron a su eyaculación.

Amaba a aquel hombre y tuvo que hacer un esfuerzo para no confesárselo. Guardó para sí el delicioso secreto y se estremeció por última vez sonriendo de satisfacción antes de caer desmadejada.

Matt se despegó de ella y la miró tendido sobre un costado.

—Dime qué tal ha estado...

—¿Qué quieres que te diga? —murmuró Tess con voz soñolienta—. Ha sido increíble —y mirándolo con preocupación, añadió—: ¿Y a ti... qué te ha parecido?

—Ha sido alucinante. He sido el primero.

—Lo siento.

—No tienes que disculparte —sonrió y le acarició la cara. Una virgen. Una virgen de veintitrés años. No sabía que existieran—. Me ha gustado. ¿Por qué yo?

Tess suspiró profundamente.

—Supongo que porque me excitas muchísimo. La verdad es que no entiendo por qué; no eres mi tipo de hombre, pero cuando estás cerca me pierdo por completo.

—Te habrás dado cuenta de que a mí me pasa lo mismo —le confió Matt, vacilante. Su cuerpo, endureciéndose de nuevo en tiempo récord, confirmó su confesión—. Debería de haberme controlado, pero...

Tess sintió su agitación en el muslo desnudo y una embriagadora sensación de poder la invadió. A duras penas trató de reconstruir los acontecimientos que los habían llevado a la cama. Él había ido al apartamento a hablar de Samantha. ¿Había bebido? No parecía tan sereno como era habitual. Era la primera vez que lo veía bajando la guardia, y su inesperada vulnerabilidad, combinada con la aceptación de sus propios sentimientos hacia él, habían resultado ser una mezcla peligrosa.

Había dejado de ser la chica que se mantenía al margen mientras sus amigas se acostaban con chicos a los que más tarde trataban de evitar, o cuyas llamadas esperaban languidecientes junto al teléfono, para convertirse en la mujer que se había echado en los brazos de un hombre simplemente porque no había podido resistirse.

–¿Por qué dices que tendrías que haberte controlado? –preguntó, ansiosa–. ¿Me he aprovechado de tu situación?

Matt la miró, sorprendido.

–Cuando dices esas cosas me haces sentir muy viejo. Y no te preocupes, estoy acostumbrado a que las mujeres se aprovechen cruelmente de mí. Encuentro que lo mejor es relajarse y dejarse llevar.

–Me estás tomando el pelo.

–Me gusta tu falta de cinismo. Cuando llegué aquí estaba desesperado. Tú me relajas, y eso me gusta.

Tess decidió no analizar demasiado el comentario. Lo tomaría en su sentido literal, porque nunca se había sentido tan maravillosamente completa en toda su vida.

Le llevó la mano hacia su seno y él sonrió traviesamente antes de empujarla contra el colchón y colocarse encima de ella.

–Aprendes rápido –dijo con voz satisfecha.

Esta vez hicieron el amor rápida e intensamente. A

Matt le gustaba dar placer. Sabía dónde tocarla y cómo estimular su cuerpo. Tess, desprovista de inhibiciones, se había convertido en una alumna aplicada deseosa de aprender. Quería darle tanto placer como él le daba a ella. Se daba cuenta, con horror, de que quería mucho más de lo que él probablemente imaginaba, pero de momento se conformaba con lo que él estaba dispuesto a ofrecerle.

Cuando terminaron, saciados ya, tenían los cuerpos empapados de sudor. Matt tendría que irse pronto. Hablaría con Samantha por la mañana, le dijo. Tess descansaba junto a él; sus curvas adaptadas perfectamente al cuerpo de Matt, como si hubieran sido creadas para ese propósito.

Su confesión de que iba a resultar una tarea difícil la hizo sonreír.

–Hablar no es tan difícil –musitó, satisfecha y adormilada–. La comunicación es clave en toda relación. Sé que suena a frase hecha, pero es así. Quizá... esa es la razón por la que tu relación con Vicky no funcionó –continuó, tentativa.

Matt se encogió de hombros.

–Las razones por las que mi relación con Vicky no ha funcionado no importan.

Tess pensó que a ella sí le importaban. Él se había casado con la mujer ideal y no había funcionado. Había mantenido un romance con la sustituta perfecta y esto tampoco había resultado bien. Si conseguía determinar por qué esas relaciones no habían llegado a buen puerto ella podría, quizá, evitar los errores cometidos por las otras.

Se negaba a aceptar que la conexión física y emocional más maravillosa que había sentido en su vida estuviera destinada a una vida corta.

–Parece muy agradable –insistió Tess–. Y seguro que tenéis muchas cosas en común.

–Mira –dijo Matt incorporándose y mirándola cara a cara–. Déjalo, Tess. No tiene importancia. Como te dije, bajé la guardia con Vicky y ella empezó a hacerse ilusiones.

Estaba claro que quería dar por terminada la conversación.

–Es comprensible –dijo ella tratando de sonar jovial. No se le daban bien los juegos.

Matt escrutó su rostro, tan dulce y vulnerable, y sintió una punzada de intranquilidad.

–Vicky quería un final feliz y eso no entraba en mis planes. Ya estuve casado y mi matrimonio no fue precisamente un lecho de rosas. Lo único bueno que salió de aquel desastre fue mi hija. No pienso repetir la jugada. Te lo cuento porque no quiero que te hagas ilusiones tú tampoco.

–¿Ilusiones descabelladas como las de Vicky?

Matt le estaba dando una opción: seguir el camino que él le indicaba o tomar el otro. Si había pensado que el atisbo de vulnerabilidad indicaba debilidad estaba muy equivocada. Sus oscuros ojos la miraban con gran seriedad y Tess tomó una decisión sin más dilación. Tomaría lo que Matt le ofrecía. Se había enamorado de él y no podía dejarlo sin más. Se había entregado a él por completo y si aquello no salía bien tendría que aprender a aceptarlo.

–Supongo que es porque está en la treintena y su reloj biológico le está metiendo prisa. ¡A mí sin embargo no me pasa eso! Tengo veintitrés años y la vida todavía tiene grandes aventuras que depararme. Así que no pienses que voy a exigirte nada, porque no es el caso.

Sería desastroso que él descubriera sus sentimientos. Una noche de pasión seguida de una mujer que le confesaba amor eterno sería su peor pesadilla y le haría poner los pies en polvorosa. Ella dejaría de ser la mujer capaz de relajarle para convertirse en una arpía necesitada y posesiva que exigía más de lo que él estaba dispuesto a darle.

–Además, como te he dicho, no eres el tipo de hombre del que me enamoraría –confió.

–¿Ah, no?

–¡No! Puede que no tenga mucha experiencia, pero no soy tan tonta como para confundir la lujuria con el amor.

–¿Y por qué has perdido conmigo tu virginidad?

–Porque quería hacerlo. Nadie me había excitado tanto como...

–¿Como yo? –intervino él suavemente–. Te creo. La lujuria puede ser muy potente. Abrumadora, incluso. Y tú viniste a Nueva York buscando aventuras. ¿Por qué si no ibas a tomar la píldora? Eres joven y guapa. ¿Te aburrías en tu país?

Tess perdió el hilo de la conversación. Se preguntó si debía confesarle que no estaba utilizando ningún anticonceptivo, pero asegurándole que no había riesgo alguno. El murmullo grave y seductor de Matt parecía venir de muy lejos. Su mente clarividente estaba sacando sus propias conclusiones: Tess había ido a Manhattan en busca de aventuras. Estaba inquieta y aburrida. Tomaba precauciones, no porque estuviera desesperada por perder la virginidad, sino para estar preparada en caso de que se presentara la ocasión. Quizá se había quedado deslumbrada por Manhattan, por todas las cosas y personas que la ciudad ponía a su disposición. Lo comprendía perfectamente. Él era un hombre con un apetito sexual saludable. Entendía que, con veintitrés años, la virginidad fuera para ella una carga más que un tesoro que había que conservar hasta que llegara el hombre perfecto. ¡Si eso de las almas gemelas era un cuento chino!

Tess escuchaba, distraída, afirmando y negando cuando correspondía. Para ser un hombre tan inteligente se le daba muy bien sacar conclusiones erróneas, pero comprendió que tenía que hacerlo. Tenía que analizarla e introducirla en una categoría que no amenazara su metódica vida. No parecía en absoluto sorprendido por que ella hubiera decidido perder su virginidad con él, tan convencido estaba de su propio magnetismo sexual.

Sus conclusiones equivocadas y descabelladas hipótesis tenían cierto sentido. No acababa de reconocerse a sí misma en esa descripción de mujer que sabía lo que quería, buscaba aventuras sexuales y tenía el sentido común de tomar anticonceptivos con el fin de poder mantener con él una relación sin ataduras.

Todo habría sido mucho más fácil si hubiera sido ese tipo de mujer, se lamentó. En cambio, ahí estaba, sin saber exactamente en qué se había metido.

—El lunes —dijo él besándola con tanta habilidad que le hizo olvidar lo precaria que se había vuelto, de pronto, su vida— volveré sobre las seis. Llevaremos a Samantha a cenar a algún sitio. Espero que vuelva a estar de humor para hablar. Y después...

Tess sintió una corriente de excitación recorriéndole las venas como una toxina y dejó de preguntarse si estaría equivocándose.

Capítulo 6

TESS miró en el espejo la imagen de la mujer en la que se había convertido en cuatro gloriosas semanas. Se habían producido cambios pequeños, pero ella no tenía dificultad en advertirlos. Matt Strickland la había convertido en una mujer. Había madurado de manera imperceptible. Ahora vestía de otra manera. En lugar de deportivas, calzaba zapatos planos y se ponía camisetas menos ajustadas.

–No quiero que te miren otros hombres –le había dicho él con una posesividad que le había producido escalofríos–. ¿Te sorprende? Cuando llevas esas camisetas apretadas los hombres te miran y a mí me entran ganas de matarlos. Y ni se te ocurra ir a ningún sitio sin sujetador. Esa visión es privilegio exclusivo mío.

Había sustituido las camisetas por tops de seda más holgados que le daban una apariencia sofisticada y glamurosa. Le gustaba su nueva imagen. Matt afirmaba no ser celoso pero en una ocasión en que ella se quedó mirando distraídamente a un hombre que pasaba junto a ellos él le indicó, con una risa forzada, que quería que ella solo tuviera ojos para él.

Tess atesoraba aquellos fugaces momentos. Tenían que significar algo. Él no hacía esfuerzo alguno por ocultar cuánto la deseaba. A veces, mientras cenaban con Samantha, ella levantaba la vista y se lo encontraba devorándola con la mirada. Ella sentía dolor en los pechos y humedad entre sus muslos con solo mirarlo, pero sabía que tenía el mismo efecto poderoso sobre él. Matt le había contado que las reuniones de trabajo se habían convertido en un tormento pues a veces le bastaba pensar en ella para experimentar una erección.

A Tess le encantaba oír ese tipo de cosas que parecían indicar que su relación iba a algún sitio, aunque era lo suficientemente prudente como para no mencionarlo.

No le había contado nada a Claire, ni a sus padres ni a ninguna de sus amigas, cuyas vidas le parecían ahora tan lejanas. Al principio pensó que le costaría trabajo mantener el secreto. Nunca había conseguido ocultarle nada a Claire, que era muy capaz de sonsacarle cualquier cosa ante la más mínima sospecha, pero las cosas habían sido fáciles.

Tom le había pedido que se casara con él y Claire vivía en un universo paralelo. Pasaba la mayor parte del tiempo en su casa y los fines de semana visitaban a sus padres en Boston, donde un organizador de bodas trabajaba febrilmente en el mágico evento que tendría lugar seis meses después. Ni siquiera sus padres sospechaban algo, pues ellos también estaban demasiado ocupados para pensar en otra cosa que no fuera su contribución al Gran Día.

Conversaciones interminables sobre menús y distribución de las mesas, revistas de novia por doquier... Cosas que le daban ganas de gritar pues no sabía adónde iba su relación clandestina con Matt.

El tiempo pasaba. Tenía un billete de vuelta a Irlanda para principios de septiembre. Podía cambiarlo sin problemas. Sus padres habían vivido en América durante años antes de regresar a Irlanda y las tres niñas habían nacido en Estados Unidos. Tess tenía la doble nacionalidad, pero no había tenido ocasión de decírselo a Matt, pues este no hablaba del futuro. Y ella tampoco.

Pero tenían que hacerlo.

Por eso aquella noche estaba poniendo un esmero especial en arreglarse. Samantha estaba en los Hamptons aquel fin de semana, por lo que tendrían el apartamento para ellos solos. Sería la oportunidad ideal para hablar de «eso» que había entre ellos y que no tenía nombre.

Emplearía todas sus armas femeninas. ¿Acaso no era lícito, en el amor y en la guerra?

Llevaba un precioso y largo vestido amarillo pálido con mucha caída y escote palabra de honor y unas delicadas sandalias con tiras amarillas.

Durante los veinticinco minutos que duró el trayecto planeó lo que iba a decir y cuándo decirlo. Pensar en ello la ponía nerviosa. Se preguntó si seguiría siendo tan alérgico al compromiso como hacía tiempo había afirmado ser, pero luego se dijo que no importaba: ella podía quedarse en Manhattan y cuidar de Samantha sin exigirle anda. Las palabras «suspensión de la ejecución» le vinieron a la mente, pero las desechó rápidamente pues no podía permitirse caer en el pesimismo tan pronto.

No obstante, mientras subía en el silencioso ascensor a la última planta de su bloque de apartamentos, era un manojo de nervios.

Matt le había dado una llave de su piso y, aunque la había usado alguna vez, no se sentía cómoda haciéndolo. Se la había dado para facilitar su trabajo como niñera de Samantha, demostrándole una gran confianza. Pero en esa ocasión, como hacía siempre, llamó al timbre y aguardó aferrando nerviosamente el bolso.

Cuando él abrió la puerta le dio un vuelco el corazón, como siempre, y durante unos segundos se quedó sin palabras.

Siempre la dejaba anonadada. Lo veía casi todos los días, había hecho el amor con él innumerables veces, había observado, fascinada, la agilidad y el poderío de su cuerpo desnudo y, sin embargo, cada vez que posaba sus ojos en él era como si lo viera por primera vez. La dejaba sin aliento y por más que le asegurara que ella tenía el mismo efecto devastador sobre él, no lo creía. Comparada con las mujeres que Matt tenía a su alcance, no era más que una chica mona pero corriente.

Pero no iba a pensar en eso. Aquella noche quería ser positiva.

La manera en que la miró de la cabeza a los pies la estremeció. Sonrió con timidez.

–¿Te gusta? –preguntó al tiempo que entraba en el lujoso apartamento y giraba sobre sus pies, meciendo suavemente el vestido.

Él enterró los dedos en su pelo y la atrajo hacia sí.

–Pareces una diosa –murmuró–. Una criatura exquisita, etérea.

Deslizó el dedo por su hombro desnudo y el cuerpo de Tess reaccionó, excitado. Sus pezones se endurecieron, sus pechos le dolieron de expectación. Se mareó al pensar en su boca lamiéndole los pezones hasta dejarla sin respiración.

Pero lo apartó con suavidad y se dirigió a la cocina, que despedía un olor delicioso.

–¿Estás cocinando? ¡Menuda sorpresa! –bromeó

tratando de crear cierta distancia entre ellos, pues no quería comenzar la velada en la cama.

—Ya sabes que no cocino.

Estaba increíblemente apetecible, allí sentada, tan frágil y delicada. Era el contrapunto exótico a la dura masculinidad de su cocina. Con gusto la habría inmovilizado contra la pared y la hubiera tomado allí mismo sin más preámbulo, pero ella se había vestido para impresionarlo y decidió saborear anticipadamente la excitación de desnudarla.

—He encargado a mi proveedor de comida a domicilio habitual unos solomillos y... —se acercó hacia ella, tanto que Tess pudo aspirar su aroma, y destapó la olla— ...una salsa, no me preguntes de qué.

Metió un dedo en la salsa y se lo dio a probar a Tess.

—Pruébala y dime de qué es —murmuró, tan excitado que su erección comenzaba a resultar dolorosa. La miró con ardorosa satisfacción mientras ella le lamía el dedo con su rosada lengua.

—Coñac y pimienta, creo. Y no entiendo por qué no puedes cocinar para mí de vez en cuando —dijo simulando un suspiro de desilusión—. Eres un cocinero estupendo. Has preparado unos platos deliciosos con Samantha. ¿Te acuerdas de aquel risotto?

—Te tengo que corregir. Samantha ha preparado unos platos deliciosos; yo me limito a cumplir órdenes.

—¿Desde cuándo has cumplido tú órdenes?

Se había relajado lo suficiente como para sonreír, pero la tensión seguía atenazándola.

—Puedes ponerme a prueba —se apoyó en la encimera, acorralándola—. Dame órdenes, brujilla mía —le murmuró al oído antes de mordisquearle el cuello provocándole una oleada de placer—. ¿Quieres que me ponga de rodillas, te levante ese vestido tan sexy que llevas y te vuelva loca con mi boca? ¿Umm? O podemos hacer algo un poco más atrevido... creo que de postre tenemos natillas.

–¡Para! –rio Tess, azorada, apartándolo débilmente pues se había formado una imagen mental que le estaba costando desterrar–. No vamos a hacer nada de eso.

–¿Estás segura? Me ha parecido advertir la tentación en tus ojos... Déjame comprobar que no te gusta la idea...

Al diablo con la idea de no precipitarse y darle tiempo de lucir el vestido. Apoyándose en la encimera con una sola mano, metió la otra bajo la falda y comenzó a subirla poco a poco sin dejar de mirarla a los ojos.

–No tienes autocontrol, Matt Strickland –protestó ella débilmente.

–Mira quién fue a hablar. Tú no te quedas corta en ese sentido –palpó sus suaves muslos y apartó la tela al tiempo que introducía los dedos bajo la tira de encaje de sus braguitas y los enterraba en su interior.

Tess cerró los ojos sintiendo que se derretía. ¡No estaba jugando limpio! Su boca buscó la de él, pero tras un fugaz beso él se apartó y susurró con voz aterciopelada–: No. Quiero ver tu cara al llegar al orgasmo...

–Está bien, tú ganas –gimió ella–. Pero vayamos a la cama a... hacer el amor... aaaah.

No pudo terminar la frase. Su cuerpo comenzó a moverse como si tuviera voluntad propia. Ella echó la cabeza hacia atrás mientras él continuaba masajeándola, alternando movimientos rápidos e intensos con otros suaves y delicados. Tess se sentía tan floja como una muñeca de trapo. Sus mejillas se tiñeron de car-

mín y su respiración se hizo trabajosa, hasta que finalmente estalló en un orgasmo estremecedor que la hizo
gritar. Matt le cubrió entonces la boca con la suya para
imbuirse de su salvaje gemido.

–Qué estupenda manera de comenzar la velada
–murmuró él cuando Tess hubo descendido de las más
altas cimas del placer.

En circunstancias normales Tess se habría mostrado de acuerdo. Matt conocía métodos asombrosos
de excitarla. Pero aquella noche tenía planes, y tan
pronto como se hubo alisado el vestido, volvió a sentirse nerviosa como un ratoncillo.

Se percató, sin ánimo de criticar, de que él estaba
completamente ajeno a su estado de ánimo. Seguramente su partida no se le había pasado por la cabeza.
Durante semanas Tess había albergado la esperanza de
que lo que tenían lo hubiera dejado con ganas de más.
Compartían muchas cosas. Aunque era duro y compul-
sivo en el trabajo, con ella se mostraba tierno y deta-
llista y con Samantha demostraba infinita paciencia y
una capacidad extraordinaria para encajar las críticas.
¿Sería capaz de dejarla marchar sin mirar atrás? En su
subconsciente había decidido que no, pero viéndolo
silbar jovialmente mientras trajinaba con las cacerolas
comenzó a tener dudas.

Si tanta atención le prestaba, ¿cómo no se había
dado cuenta de que aquella noche estaba más callada
de lo normal?

Se había puesto a hablar del trabajo. Lo hacía a veces, a pesar de que una vez había comentado irónica-
mente que no sabía por qué se molestaba, pues cada
vez que lo hacía a Tess se le ponían los ojos vidriosos.

Tess aceptó la bebida que él le ofrecía y se sentó
en una de las sillas de piel que rodeaban la mesa de la

cocina. Matt era un desastre en la cocina. Llevaba un paño de cocina sobre el hombro y todos y cada uno de los utensilios de cocina parecían estar fuera de su sitio, y eso que no estaba haciendo más que calentar una serie de platos. Mientras removía, levantaba tapaderas y le daba sorbitos al vino la miraba de vez en cuando. Y a pesar de lo ansiosa que estaba sintió una corriente de calor al advertir la posesividad de su mirada.

–¿Las echas de menos? –preguntó bruscamente al tiempo que él ponía teatralmente frente a ella un plato de comida–. Hablo de las largas jornadas de trabajo. Durante semanas has estado volviendo a casa a una hora decente para pasar tiempo con Samantha, ¿pero echas de menos el trabajo que habrías podido hacer en la oficina?

Matt, que estaba rellenado las copas, se detuvo momentáneamente y la miró. Se sintió extrañamente incómodo, pero desechó la sensación pensando que estaba malinterpretando algo.

Ella estaba más callada de lo normal, pero se había derretido, como hacía siempre, ante sus caricias. Su capacidad de sentir placer parecía no tener límites, algo que lo excitaba sobremanera.

–Qué pregunta tan extraña. Trabajo muchas horas después de que Samantha se vaya a la cama. Estoy satisfecho.

–¿Quiere eso decir que has reorganizado tu vida?

–¿Adónde quieres ir a parar con esta conversación? –preguntó tratando de que la vaga irritación que sentía no se reflejara en su voz. Se había acostumbrado a su carácter fácil y poco exigente. Le agradaba que ella estuviera siempre dispuesta a hacer lo que él quería y a lo largo de las semanas había descubierto que nunca había estado tan cómodo con una mujer. Pero aquella

noche estaba mostrando una insistencia que amena-
zaba seriamente con estropear el ambiente.

–No tiene por qué ir a ningún sitio –respondió ella
cortando el solomillo. Estaba perdiendo el apetito–.
Era una simple pregunta, nada más.

Matt echó la silla hacia atrás y dejó la servilleta sobre el plato a medio terminar–. No he reorganizado mi
vida. Estoy tratando de encontrar un equilibrio.

–¿Quiere eso decir que tu vida estaba desequili-
brada antes?

–Significa que Samantha es una realidad a la que
tengo que hacer frente. Al principio pensé que podría
seguir haciendo mi vida normal si contaba con empleados que cubrieran mis ausencias. Esa opción resultó no
ser viable. Ha sido necesario hacer sacrificios y ha me-
recido la pena. Si soy o no capaz de mantener este nivel
de constancia está todavía por ver. Habrá momentos en
los que tenga que viajar al extranjero y tendré que buscar a alguien que se quede por las noches. A mi madre
le encantaría pasar unos días aquí, por lo que no veo
problemas insalvables. ¿Satisface eso tu curiosidad?

–Te agradecería que no actuaras como si yo fuera
un incordio. Estoy simplemente tratando de mantener
una conversación contigo.

Tess se sorprendió ante su reacción, pero no podía
contener la ansiedad que se estaba acumulando en su
interior. Tiempo atrás no habría tenido problema alguno en decir lo que pensaba. Pero ahora sentía que
debía andarse con pies de plomo. Un paso en falso y
se desplomaría la fortaleza que había construido alrededor de Matt, Samantha y ella misma, como el cas-
tillo de naipes que era en realidad.

Le estaba resultando difícil actuar con su optimismo
habitual.

–¿Qué ocurre, Tess?

–A veces me gusta pensar que entre nosotros hay algo más que sexo...

El silencio que se cernió sobre ellos se volvió sofocante. Tess no se atrevía a mirarlo, y se conformó con jugar a hacer dibujos con el tenedor en la salsa de coñac, que apenas había probado.

Alzó la mirada cuando él comenzó a retirar los platos de la mesa y tuvo que contenerse para no lanzarse hacia él diciéndole que era todo una broma. Sabía que se había embarcado en la relación con la condición de no exigirle nada y de momento había mantenido su palabra. Pero se había enamorado de él profundamente, dando por hecho que el tiempo se encargaría de poner las cosas en su sitio y de darle una oportunidad a su relación.

Cuando se puso en pie para ayudarlo le flaquearon las piernas. Sintió alivio cuando él le pidió que lo esperara en el salón.

Estaba tan absorta en sus pensamientos que no se dio cuenta de que él estaba en el umbral de la puerta hasta que no habló.

–¿Decías...? –preguntó sentándose junto a ella en el sofá.

Tess no reconocía en el hombre que la miraba con desconfianza al Matt que había reído con ella y la había acariciado con tanta delicadeza unos minutos antes.

–Decía que me gustaría pensar que lo que hay entre nosotros no es solamente sexo –se alisó el vestido con las manos–. Quisiera saber si yo te importo.

–¿Qué clase de pregunta es esa? Si no me importaras no mantendría una relación contigo.

–Soy como Vicky, entonces. ¿Es eso lo que quieres decir? Te importo lo mismo que te importaba ella.

–No me gusta comparar a las mujeres con las que me acuesto.

–¿En qué nos diferenciamos? –insistió Tess, obcecada.

Matt la miró con irritación. No le gustaba sentirse acorralado y, siendo un hombre que nunca había tenido que dar explicaciones de sus actos, se sentía furioso ante el interrogatorio al que estaba siendo sometido.

–Para empezar, Vicky nunca ha tenido una relación con mi hija.

–Pero si dejamos a Samantha fuera de la discusión...

–¿Cómo puedo dejarla fuera? Es parte de mi vida.

–Sabes a qué me refiero –insistió ella tercamente. La conversación había llegado tan lejos que no le quedaba más remedio que seguir, fuera cual fuera el resultado.

–No, no lo sé.

Matt no podía creer que la velada que con tanta ilusión e impaciencia había aguardado se hubiera venido abajo a causa de una serie de extrañas preguntas y exigencias irracionales. La idea había sido disfrutar de una deliciosa cena, paladear un vino excelente, charlar sobre las cosas de las que siempre charlaban y, finalmente, perderse juntos en la cama. Que ella hubiera decidido desbaratar sus planes lo ponía de un humor de perros.

–Bueno, pues te lo voy a explicar con detalle. Sé que no te gusta planear el futuro. Soy consciente de ello. Lo único que te gusta planificar con antelación es tu vida laboral. Puedes proyectar fácilmente los próximos cincuenta años si se trata de trabajo.

–Eso no tiene nada de malo –masculló él rehuyendo el tema de conversación–. Las empresas no funcionan tomando decisiones sobre la marcha. Hay que poner unos cimientos y actuar según unos planes.

–Lo entiendo. Lo único que quiero saber es si en tu vida personal también piensas poner cimientos y actuar según unos planes. ¿Dónde estamos nosotros como pareja? Necesito saberlo, Matt, porque me voy del país dentro de un par de semanas y...

Sintiéndose arrinconado, Matt se negó a aceptar que le obligaran a seguir un determinado camino. Se había embarcado en una aventura con ella sin reflexionar demasiado en la naturaleza temporal de su relación. Ella tenía que marcharse y, al no estar acostumbrado a las relaciones largas, la cuestión no le afectaba demasiado.

Él había dejado claro lo que quería y ella se había mostrado de acuerdo. ¿Acaso no había ido a Estados Unidos para vivir algo distinto? ¿No tomaba la píldora para poder tener aventuras sin compromiso? Pensó en su carácter alegre, vacilante y fácil de contentar, que tan encantador le resultaba, y le pareció, de pronto, que la imagen de chica experimentada soltándose el pelo en la gran ciudad no encajaba en absoluto con Tess. Fue como si se le hubiese caído una venda de los ojos. Él la había deseado y había tomado de ella lo que había querido negándose a ver la verdad.

–¿Qué quieres que diga?

–Yo... podría quedarme si quisieras. Lo he estado pensando y no tengo un trabajo esperándome en mi país. Me gusta trabajar aquí, con Samantha. Sé que cuando empiece el colegio no me necesitará durante el día, pero eso no importa. Podría buscar alguna otra cosa. Tengo la doble nacionalidad, así que no debería de resultarme difícil...

Su voz se quebró y Tess se pasó los dedos por el pelo antes de mirarlo.

–No viviría en este apartamento –el sonido de su orgullo desapareciendo por el sumidero le sonó tan alto como un bocinazo en los oídos–. A Claire no le importaría que me quedara con ella. Casi nunca está en casa; pasa casi todo su tiempo libre con Tom. Seguro que hasta le haría un favor, pues cuidaría de la casa mientras ella está fuera.

–Esto no fue lo que acordamos, Tess.

El tono aterciopelado de su voz hizo que se le formara un nudo en la garganta. La iba a dejar y quería suavizar el golpe. Pero lo hiciera con suavidad o con brutalidad, el hecho era el mismo.

–Ya lo sé. Nunca quise liarme contigo.

–Porque no era tu tipo de hombre.

–Exacto, pero... –alzó la mirada con valentía y tragó saliva con dificultad– ...lo hice, y ahora me gustaría saber si tenemos alguna oportunidad de estar juntos.

No tuvo el valor de confesarle que se había enamorado de él. Matt no quería oír lo que ella estaba diciendo; lo podía leer en su cara.

–A pesar de que no sea lo que acordamos.

Matt se había quedado inmóvil. Una serie de imágenes pasadas se le agolparon en la mente, como si fuera una proyección apresurada de diapositivas. Su mujer, su matrimonio, su decisión de no volver a verse jamás en una situación así. Las mujeres con las que había salido desde entonces no habían sido más que barcos en la noche, y le gustaba que fuera así. Había tomado la decisión de no aceptar compromisos que no pudiera cumplir. Por ideal que pudiera parecerle una mujer no tardaría en perder el halo y sacar a la luz todas las necesidades y expectativas que acabarían arrastrándole por el suelo.

Además, ¿era Tess la mujer ideal?

Nunca había durado mucho en sus trabajos, aparte del actual. Se había pasado la vida yendo de un lado a otro sin propósito alguno, satisfecha de vivir a la sombra de sus hermanas. No era independiente y se le daba fatal todo lo que requiriera un poco de sentido práctico. Su personalidad era tan diametralmente opuesta a la suya que a veces se quedaba maravillado de que pudieran mantener una relación.

Sí, aquellas diferencias resultaban encantadoras en ese momento, pero a la larga acabarían irritándolo, de eso estaba convencido. Además, no le gustaba nada el hecho de que le estuviera dando un ultimátum. O le pedía que se quedara, o tendría que verla marchar. A Matt no le gustaban los ultimátums. Sobre todo en su vida personal.

—Todavía vas a estar aquí un tiempo —se oyó decir con brusquedad—. ¿Por qué estropearlo pensando en el futuro? ¿Por qué no disfrutar de lo que tenemos?

No podía prometerle nada.

—¿Qué sentido tiene? —gritó Tess, angustiada.

—En otras palabras —intervino Matt con voz firme—, no ves razón para estar aquí a menos que te pida matrimonio.

—Ya te he dicho que no quiero casarme.

—¡Venga, Tess! ¿Me estás diciendo que vas a buscar un trabajo a tiempo parcial y te vas a quedar viviendo con tu hermana solo para verme de vez en cuando?

—Yo no veo las cosas así —murmuró ella en un tono apenas audible.

—Soy lo suficientemente sincero como para decirte que estarías cometiendo un grave error.

Sintiéndose ahogado de pronto, Matt se puso en pie y comenzó a recorrer de un lado a otro la habitación.

Tess había efectuado pequeños cambios en el apartamento desde que lo frecuentaba. Había un marco con flores secas que había hecho con Samantha. Se había llevado algunos de sus CDs, que ahora descansaban en el aparador. Había revelado y enmarcado algunas fotografías y las había dispuesto en el antepecho de la ventana. Matt miró con irritación aquellos detalles íntimos a los que había acabado acostumbrándose y que ella había introducido sin permiso.

–Nos lo pasamos bien juntos y me gustaría que siguiéramos haciéndolo hasta que te vayas. Pero si tú no quieres, allá tú.

Se quedó escuchando su silencio, inconmovible. Estaba poniendo fin a la relación, no porque fuera un hombre cruel, sino porque tenía mucha más experiencia que ella y sabía que podían cometer un grave error.

Tenía que predicar con el ejemplo, y eso haría. Le resultaba desagradable, pero no podía darle falsas esperanzas. Más falsas esperanzas. Porque era obvio que ella llevaba más tiempo especulando sobre la situación de lo que dejaba ver.

Con la decisión ya tomada, él se giró para mirarla. Desechando un momentáneo instante de pánico, apretó los dientes.

–Vas a tener que ser fuerte para escuchar lo que te voy a decir, Tess. No estamos hechos el uno para el otro. Tienes razón cuando dices que tu hombre ideal es lo opuesto a mí. Tengo muchísima más experiencia que tú y créeme cuando te digo que te sacaría de quicio.

–Lo que estás diciendo es que te sacaría de quicio yo a ti –se sentía furiosa consigo misma por haber re-

velado sus sentimientos de esa manera, y con él por
tratarla como a una cría–. Te parece muy bien acostarte conmigo, pero no te parezco lo suficientemente
buena como para tener una relación conmigo.

Sus mejillas se habían teñido de un tono oscuro de
carmesí.

–¡Que seas o no suficientemente buena no tiene
nada que ver con esto! –bramó él perdiendo el control.

Ella estaba buscando su bolso, que encontró en la
cocina.

–Todavía me quedan un par de semanas de trabajo
–anunció alzando la barbilla–. Me gustaría verte lo
menos posible durante ese tiempo.

–Eso es fácil de arreglar –repuso él con rabia–.
Desde este momento, ya no trabajas para mí.

Furioso, observó como ella avanzaba hacia la puerta
y se detenía agarrando el pomo de la puerta.

–¿Te importa si por lo menos vengo a despedirme
de Samantha? –preguntó entrecortadamente.

Matt asintió en silencio, lo que significaba que no
había nada más que decir.

Había ido horrible, catastróficamente mal, pero vaciló unos instantes antes de decidir que aquello no tenía arreglo.

Finalmente, salió por la puerta y la cerró con firmeza tras de sí.

Capítulo 7

TESS estaba en la cama tratando de tener pensamientos positivos y de convencer a Claire de que estaba mejorando.

Por primera vez en dos meses, se sentía a la deriva. Le había dicho a Claire que había atrapado un virus. Llevaba varias mañanas levantándose con una vaga sensación de náusea. Las mañanas de cinco interminables días durante los cuales no había tenido noticias de Matt, ni un mensaje de texto ni una llamada de teléfono.

No tenía ganas de hacer nada. Se marcharía del país en poco más de una semana y lo único que quería hacer era hibernar, acurrucarse como un topo en algún sitio oscuro, cálido y seguro y dormir hasta que el recuerdo de Matt se hubiera desdibujado en su mente consciente y ella pudiera recuperarse y continuar con su vida.

Se dio cuenta de que había permitido que él se convirtiera en el eje de su universo. En cuestión de un par de meses había sacrificado su independencia, y ahora que había cortado el cordón umbilical caminaba torpemente como si le faltara oxígeno. Echaba de menos a Matt. Echaba de menos a Samantha, con quien hablaba a diario. La había visto dos días antes, cuando su aspecto había sido tan lamentable que su explicación de que no se sentía demasiado bien había resultado completamente creíble.

Claire se había mostrado compasiva en un principio, pero manteniendo las distancias.

–No puedo permitirme el lujo de pillar algo –había dicho a modo de disculpa–. Mi vida es demasiado ajetreada en estos momentos.

Tess comenzaba a pensar que aquel malestar era psicológico. Todo lo que comía, lo devolvía. Si seguía así, tendría que volver a Irlanda en una ambulancia aérea.

Sin embargo, pasados cinco días, Claire empezaba a perder la paciencia.

Tess estaba en la cama con los ojos cerrados diciéndose a sí misma que sus náuseas eran producto de su mente, cuando la puerta del dormitorio se abrió de golpe.

–¡Son casi las diez y media!

Claire se había puesto uno de sus típicos conjuntos veraniegos para ir de compras: un vestidito corto de seda que le habría costado un riñón y unas complicadas sandalias estilo gladiador. Llevaba en la mano un sándwich del tamaño de un ladrillo.

Tess trató de ocultarse bajo el edredón.

–¡Es imposible que sigas mala, Tess!

–Sabes que nunca me ha gustado madrugar –replicó apartando los ojos del sándwich pues le daba ganas de devolver.

–Es sábado, y te vas a venir de compras conmigo. No puedes pasarte el resto de los días aquí tirada autocompadeciéndote por una infección de estómago. Cuando vuelvas a Irlanda te darás de bofetadas por haber desperdiciado tus últimos diez días. ¿Tengo que recordarte que en casa no hay nada que hacer?

–Voy a hacer ese curso de magisterio del que te hablé.

Tras cinco años de ir a la deriva sin centrarse en nada, había averiguado lo que quería hacer con su vida. Por lo menos había sacado algo positivo de su estancia en Manhattan.

–Sí, lo que tú digas –continuó Claire sin prestarle demasiada atención–, pero te vas a levantar de la cama y te vas a venir de compras conmigo, porque esta noche tenemos una fiesta. Y ya te he conseguido la entrada, así que ni se te ocurra decirme que no puedes venir porque te duele la tripa. Vamos a comprarte algo glamuroso y te lo vas a pasar genial.

El tono de Claire dejaba claro que no aceptaría un no por respuesta.

–Te doy media hora, Tess, para que te vistas y te prepares a quemar Manhattan.

Tess no tenía ni idea de adónde irían aquella noche. Pasó el día siguiendo obedientemente a Claire, haciendo un esfuerzo heroico por mostrar entusiasmo por la ropa que ponían ante ella y la obligaban a probarse.

Cuando a las cinco y media regresaron al apartamento recibió instrucciones de organizarse y cambiarse rápidamente pues a las siete vendría a buscarlas un taxi. También tenía que poner buena cara, pues no había nada peor que una aguafiestas.

Tess obedeció porque sabía que su hermana tenía razón. Tenía que seguir adelante con su vida. No podía seguir autocompadeciéndose indefinidamente. Matt nunca le había prometido nada. Jamás le había dado indicación alguna de que su relación duraría una vez finalizara su estancia en América. Ella era la que había malinterpretado su relación, la que se había lanzado de cabeza a algo que no tenía sentido y la que había construido ingenuamente castillos en el aire.

Si lo pensaba con lógica, Matt y ella eran polos opuestos. Él era el producto sofisticado, competente y seguro de sí de un entorno caracterizado por el lujo y el poder. No solo se había criado en un ambiente privilegiado, sino que además había multiplicado su fabuloso patrimonio diversificando la poderosa empresa de su padre. Y lo había hecho porque así era su naturaleza: demasiado inteligente para quedarse quieta.

Comparada con él, Tess era como un pececillo nadando al lado de una ballena. Cuando reflexionaba con serenidad no le quedaba más remedio que reconocer que su relación estaba abocada al fracaso. Aunque él hubiera estado locamente enamorado de ella, que no era el caso, le habría resultado complicado comprometerse con alguien de una extracción social tan diferente.

No le quedaba más remedio que seguir adelante.

Una vez vestida se sintió más segura de sí. Por lo menos se veía guapa, por lo que ya tenía una batalla ganada.

Claire llamó a su puerta a las seis y media y, tras inspeccionarla cuidadosamente durante veinte minutos, le dio el visto bueno.

Había acabado comprándose un vestido largo de hombro caído verde oscuro que se ajustaba alrededor del busto y caía suelto hasta el suelo. Podía haberle dado un aspecto informe, pero no era el caso.

–Tienes suficiente pecho para que te siente bien –afirmó Claire con aprobación–. Y el color te favorece.

Era un estilo que exigía no llevar sujetador y Tess recordó la reacción posesiva de Matt a la idea de salir a la calle sin él. En su momento le había resultado emocionante y le había hecho sacar conclusiones erróneas.

Tardaron cuarenta minutos en llegar a un edificio que, como le explicó Claire, era una conocida galería de arte que unos pocos privilegiados podían permitirse alquilar. Una gran cantidad de gente vestida de gala hacía cola en el exterior y mostraba sus entradas a los dos porteros.

La fiesta estaba muy animada. La galería de arte era supermoderna: un vestíbulo blanco y luminoso daba entrada a dos salas enormes. En una de ellas, una banda tocaba un jazz melodioso y en la otra, los invitados se relacionaban unos con otros. El lugar rezumaba lujo y opulencia. Las paredes de las salas que comunicaban con el vestíbulo eran de un color gris pizarra y estaban adornadas con grandes y modernas obras de arte. La iluminación consistía en miles de focos que, para alivio de Tess, daban una luz tenue y matizada. Nunca había visto nada igual y, durante unos instantes, consiguió olvidar su tristeza.

Tom las estaba esperando, y tanto él como Claire se esforzaron por presentarla a sus amigos, pero pasados quince minutos Tess advirtió que su hermana se estaba cansando de hacer de niñera. Así que decidió darse una vuelta para admirar las obras de arte y acabó sentándose en la sala donde tocaba el grupo de jazz para escuchar la música.

Se sentó a una mesa situada al fondo de la sala y dejó la copa de champán frente a ella. Estaba escuchando una canción sobre amor no correspondido cuando oyó una voz familiar que la dejó paralizada en el acto de llevarse la copa a los labios.

Se giró e hizo ademán de levantarse. En un segundo se dio cuenta de que no había conseguido superar lo de Matt. Llevaba un atuendo formal rematado con una pajarita de color rojo, la única nota de color que destacaba sobre el traje negro y la camisa blanca.

–¿Qué haces aquí? –preguntó Tess, aturdida.

–Yo podría hacerte la misma pregunta.

La había visto por detrás, entrando en la sala donde estaban los músicos. Debía de haber al menos trescientos asistentes a la fiesta. No solo estaban llenas las salas de la planta baja, sino que en el primer piso había varias salas con empleados y clientes importantes. La había visto por pura casualidad, ya que estaba pasando la mayor parte del tiempo arriba: prefería la comodidad de los sillones de piel al bullicio de la planta baja.

Pero en cuanto vio la melena color caramelo cayendo por la esbelta espalda mientras avanzaba entre la multitud la reconoció en seguida. Durante unos confusos instantes perdió el hilo de lo que le decía uno de los directores de su oficina en Boston. A continuación, se excusó y la siguió.

Le irritaba no haber sido capaz de quitársela de la cabeza. Aun convencido de que había hecho lo correcto, ella se infiltraba en su mente una y otra vez, como un ruido de alta frecuencia que jamás lo abandonaba y le hacía perder la concentración en los momentos menos apropiados.

No habían pasado más que unos días, y el hecho de que Samantha no parara de hablar de ella empeoraba los efectos de su ausencia. La niña había aceptado la marcha de Tess, pues sabía que su estancia tocaría a su fin algún día. Para Matt era un alivio comprobar que su hija había mejorado mucho a lo largo de los últimos meses y que se había adaptado sin problemas a la joven estudiante que había sustituido a Tess. Pero seguía hablando de ella todos los días. Matt se había visto obligado a insinuar que Tess podría volver de visita, quizá para las vacaciones de Pascua, quizá antes.

Tenía que apretar los dientes cada vez que la niña le enseñaba las fotos que se habían hecho juntas. Escuchaba y asentía cuando le decía lo mucho que le hubiera gustado a los abuelos.

¡No había podido olvidarla porque no se lo habían permitido! No era sorprendente, pues, que la siguiera y observara atentamente mientras ella se sentaba a la mesa sosteniendo una copa de champán con una mano y apoyando la barbilla en la otra mientras seguía con el pie el compás de la música.

Si había sido tan estúpido como para preocuparse por ella ahora comprobaba, con el ceño fruncido, que no había tenido motivos. Parecía feliz, y además estaba guapísima. Estaba claro que había ido allí a ligar. ¿Por qué si no llevaba un vestido que dejaba al descubierto los hombros y moldeaba sus contundentes senos a la perfección?

Tess se había quedado absolutamente paralizada al ver a Matt. Era como si su mente febril lo hubiera invocado.

–He ve-venido con Claire –tartamudeó antes de recordarse a sí misma que estaba en proceso de recuperación y que no tenía por qué ponerse nerviosa en su presencia. Pero estaba tan guapo... ¿Habría ido con alguien? Aunque la respuesta fuera negativa, seguro que se marchaba acompañado. Era el centro de todas las miradas, lo cual no era de extrañar teniendo en cuenta que superaba en altura a todos los hombres de la fiesta.

Parecía estar de mal humor y Tess pensó, desalentada, que sabía el porqué. Había acudido a una fiesta para toparse con la última persona a la que deseaba ver, justo cuando pensaba que ya se había desembarazado de ella.

–¡No esperaba verte aquí! –exclamó con una risa

forzada–. ¡Qué coincidencia! Manhattan es un pañuelo. Mary dice que en Londres pasa lo mismo: sale
a tomar una copa y, cuando menos se lo espera, se en-
cuentra con algún conocido.

–Déjate de historias, Tess. Tenías que saber que yo
estaría aquí –dijo él bebiéndose el whisky de un trago
y depositando el vaso vacío en la mesa a la que ella
estaba sentada. Se metió las manos en los bolsillos.
¿Pensaba que iba a quedarse allí charlando amigable-
mente con ella? Pues no, no estaba de humor.

–¿Por qué iba yo a saberlo?

–Porque esto es un evento de empresa. De mi empresa, para más señas. Así que no me digas que creías
que no asistiría a mi propia fiesta, porque no me lo
trago.

–Así que se trata de tu fiesta... Claire no me lo dijo.

Su hermana no sabía con detalle por qué había dejado de trabajar para Matt. Tess le contó que había atrapado un virus, y que quedaba tan poco tiempo para su
marcha que Matt le había dado el resto de los días libres
para recuperarse y disfrutar de la ciudad. Seguramente
Claire se imaginó que Tess estaría al tanto de la fiesta
y, como esta no le había preguntado nada, se había li-
mitado a decirle que se trataba de un evento formal.

Matt frunció los labios mientras miraba sus gene-
rosos pechos pugnando por salirse del vestido.

–¿Has venido para demostrarme algo? –preguntó
con voz áspera–. Sabías que yo iba a estar aquí y pen-
saste que sería una buena oportunidad de echarme en
cara lo que me estoy perdiendo, ¿verdad? Pues que se-
pas que no funciona.

De pronto sintió la necesidad de tomarse otra copa.
Miró a su alrededor con el ceño fruncido y, como por
arte de magia, apareció un camarero con una gran

bandeja redonda llena de bebidas. Hubiera preferido un whisky, pero tomó una copa de vino y se bebió la mitad de un trago.

Tess no había comprendido sus últimas palabras.

–No sabía que ibas a estar aquí –protestó con sinceridad–. Claire no me dijo que se trataba de un evento de la empresa.

Comenzaba a captar el significado del ofensivo comentario y sintió que empezaba a temblar de rabia.

–Y aunque hubiera sabido que estabas aquí, que no es el caso, jamás habría venido a mostrarte lo que te estás perdiendo.

–¿Ah, no? ¿Y por qué te has puesto ese vestido? ¡Por no hablar del hecho de que no llevas sujetador!

El comentario le provocó unas sensaciones horribles y pensó en lo fácil que le resultaba afectarla sin ni siquiera tocarla.

–¡No me he vestido pensando en ti!

Sus pezones se erizaron a su pesar y se imaginó que él se habría dando cuenta gracias a esos ojos penetrantes que todo lo veían.

–¿No? Pues como te he dicho, el truco no te va a funcionar. Lo he visto demasiadas veces y ya no surte efecto. Tú y yo ya no estamos juntos, así que lo mejor que puedes hacer es seguir con tu vida.

–¡No me puedo creer que seas tan arrogante, Matt Strickland! No sé qué es lo que vi en ti.

–No me costaría mucho esfuerzo recordártelo.

Su mirada había cambiado de pronto. Tess se quedó sin aliento. Lo último que necesitaba en ese momento era esa mirada ardiente. ¿Disfrutaba poniendo a prueba su débil voluntad? ¿Demostrándole que todavía ejercía control sobre ella? Su frustración era tal que sintió deseos de echarse a llorar.

Por su parte, Matt estaba disfrutando malévola-
mente de la discusión. Había cumplido con su deber
charlando con unos y con otros mientras miraba de
reojo el reloj y se lamentaba de que todavía quedaran
horas para que terminara la fiesta. Ahora se estaba divirtiendo, aunque fuera de una manera sombría. Además, no podía apartar la mirada de su apetecible cuerpo.
Si no hubieran estado en una habitación llena de
gente, se habría sentido tentado de recordarle qué había visto en él. Se imaginó a sí mismo arrebatándole
el fino tejido que cubría sus gloriosos senos, rodeán-
dolos con sus manos y jugueteando con sus pezones.

Recordó la última velada que pasaron juntos, cuando
él la llevó al orgasmo en la cocina de su apartamento.
Le pareció sentir su cuerpo bajo sus dedos; hasta recordó la suavidad del vestido amarillo que llevaba aquella noche.

–¿No se te ha ocurrido pensar que he superado lo
tuyo? –mintió ella tratando de recordar el nombre del
chico que la había estado acosando y le había dado su
tarjeta.

–La verdad es que no.

Era un concepto difícil de asimilar.

–Puede que no seas tú la razón por la que me he
puesto este vestido, teniendo en cuenta además que no
tenía ni idea de que ibas a estar aquí. Para tu información te diré que tengo una cita.

Aquello fue una provocación. Después de haberle
dicho que tenía que seguir adelante con su vida, Matt
se sintió furioso al pensar que ella había empezado a
salir con otro tan solo unos días después de su ruptura.

–¿Con quién? –preguntó tratando de controlar el
tono de su voz, aunque por dentro estaba carcomido
por los celos y furioso por su propia debilidad.

–Se llama Tony –acababa de recordar el nombre–. Tony Grayson.

El director de ventas. Su carrera en la compañía peligraba. Matt vació la copa y apartó la manga del traje para consultar el reloj.

–Muy bien, pues que tengas suerte. Pero yo que tú me andaría con ojo. Nueva York no es un pueblecito de Irlanda. Y si vas por ahí provocando tendrás que aceptar las consecuencias. No juegues con fuego a menos que estés dispuesta a quemarte.

Y dándose la vuelta se alejó. Tess sintió que se desinflaba como un globo al que le han clavado un alfiler. No podía seguir pretendiendo que se estaba divirtiendo. Lo único que quería hacer era marcharse de allí y regresar a su apartamento. Como si fuera una enferma sufriendo de una recaída, necesitaba tiempo y espacio para recuperarse del duro golpe que había supuesto volver a ver a Matt.

Sabiendo que Claire se sentiría obligada a intentar convencerla de que se quedara, no se molestó en buscarla. Decidió tomar la ruta fácil y enviarle un mensaje. Para cuando lo leyera Tess estaría ya en el apartamento con el pijama puesto.

Tres días después, Tess salió de la consulta del médico sintiéndose desfallecer. Había decidido ir ante la insistencia de Claire.

–¡No puedes subir a un avión en tu estado! –la regañó Claire con un tono que no admitía discusión–. El vuelo de vuelta es una pesadilla y si empiezas a sentirte mal en el avión lo pasarás fatal. Tienes claramente un problema de estómago y necesitas ir al médico para que te dé una solución.

Ahora se alegraba de haber insistido en ir sola. ¿Qué habría dicho su hermana al enterarse de que Tess estaba embarazada?

Aturdida, se sentó en la cafetería más cercana frente a un capuchino que dejó de apetecerle nada más pedirlo.

Tras unos instantes iniciales de incredulidad reconoció que los signos habían estado allí, pero ella los había ignorado.

Después de la primera noche que pasaran juntos, cuando estaba convencida de que no tenía riesgo de quedarse embarazada porque era regular como un reloj, acudió al médico de Claire, el mismo que le había dado la noticia de su embarazo hacía veinte minutos, para que le instalara un dispositivo anticonceptivo. La píldora habría sido un método más sencillo, pero Tess sentía aversión por las pastillas.

—Debes de ser muy fértil —le dijo el médico mientras ella trataba de asimilar la noticia.

El embarazo explicaba sus problemas de estómago. Una ojeada rápida a su agenda corroboró el retraso menstrual, algo en lo que no había reparado pues no pensaba a derechas desde su caída desde el séptimo cielo al planeta Tierra.

Una mujer se inclinó hacia ella y le preguntó si se encontraba bien, a lo que Tess respondió con una sonrisa apagada.

—Acabo de llevarme un buen susto —dijo cortésmente—. Me pondré bien en cuanto me beba el café.

Tenía que decírselo a Matt, él merecía saberlo. Pero pensar en ello le provocaba un sudor frío.

Su último y breve encuentro no había dejado lugar a dudas sobre sus sentimientos. La había despachado dándole el consejo de que siguiera adelante con su

vida, tal y como había hecho él. La había tratado con
condescendencia, adoptando el tono con el que se habla a una pesada que amenaza con convertirse en aco-
sadora. La había acusado de tratar de seducirle con el
vestido y no se había creído que Tess no supiera que
iba a estar en la fiesta. No quería tener nada que ver
con ella ¿y qué estaba a punto de recibir? Una relación
para toda la vida que él no había pedido. Se había fiado
de Tess cuando esta le aseguró que utilizaba anticonceptivos y ella pagaba su confianza haciéndole padre.

Pero ocultarle la verdad sería inmoral.

Decidida, Tess se puso en pie y tomó un taxi a su
oficina. Si lo pensaba demasiado, corría el riesgo de
cambiar de parecer. Iba a tener el bebé de Matt.

El tráfico estaba espeso, como siempre, y Tess
llegó al edificio hecha un manojo de nervios. Pagó al
taxista y miró el bloque de oficinas, ubicado en una
de las mejores zonas en el corazón del barrio finan-
ciero.

Había ido de visita varias veces con Samantha, por
lo que la reconocieron en recepción y la saludaron
mientras avanzaba hacia el ascensor, que la llevaría a
la última planta de un edificio de treinta y cuatro.

Las oficinas eran una versión profesional de su
apartamento. Un lugar lujoso, majestuoso y silencioso
al que se iba a trabajar.

En su despacho, ubicado al fondo de un pasillo cu-
bierto por elaboradas alfombras, podría caber un apartamento entero. Estaba dividido en dos secciones, la
que ocupaba su secretaria, y otra, más grande, que
contenía sillones de cuero, plantas y mesitas auxilia-
res. Sabía que había un cuarto de baño pegado al despacho, para aquellas veces en que llegaba pronto a la
oficina y se veía obligado a quedarse hasta tarde.

El tamaño y la opulencia del lugar fue un poderoso recordatorio de las muchas diferencias que los separaban. Caer en la cuenta la puso aún más nerviosa y trató de proyectar una imagen serena mientras hablaba con la secretaria.

Él no sabía que estaba allí y Tess estuvo tentada de dejarle disfrutar de su despreocupada vida durante unos minutos más antes de hacerla pedazos.

La secretaria avisó a Matt, que sintió una punzada de satisfacción al enterarse de que Tess había ido a verlo. Había pensado mucho en ella desde que la vio en la fiesta. No sabía qué quería, pero cuando pensó que podría haber reconsiderado sus opciones se sintió como un depredador que finalmente ha conseguido someter a su escurridiza presa. Era posible que hubiera acudido a la fiesta con la idea de conocer a algún hombre, pero reflexionó sobre ello y finalmente descartó la idea. No era propio de Tess. Y en cualquier caso, le gustaba pensar que ella se había dado cuenta, al verlo, de lo que se estaba perdiendo. Le quedaban solo unos pocos días, y él estaba más que dispuesto a dejar a un lado su orgullo y aceptarla de nuevo en su cama. Era una lástima que Tess hubiera cometido el error fatal de tratar de atraparlo, porque nadie sabía cómo habría evolucionado su relación. ¿Quién sabe? Podría haber acabado ofreciéndole aquello que ella deseaba tanto.

Él no alzó la vista inmediatamente cuando Tess entró sin hacer ruido, aunque sus sentidos se pusieron en máxima alerta.

Cuando ella se aclaró la garganta él alzó finalmente la vista y se arrellanó en el asiento sin decir una palabra.

—Siento molestarte —comenzó, dándose cuenta de

que no era bienvenida. No le habría extrañado que sacara un cronómetro del escritorio y le dijera que tenía un minuto para exponer su caso.

–Has tenido suerte de encontrarme aquí –indicó él cortésmente–. Tengo una reunión en unos minutos, así que dime rápidamente lo que tengas que decirme.

Atónita ante su falta de tacto, Tess vaciló. Había ensayado vagamente lo que iba a decir, pero ahora que lo tenía delante se le quedó la mente en blanco. Se sentía tan segura de sí como un conejillo cegado por las luces de un coche aproximándose a toda velocidad.

–¿Y bien? –preguntó Matt con impaciencia–. ¿De qué se trata? No tengo todo el día.

–Aunque lo tuvieras no me iba a resultar más fácil decirte lo que te tengo que decir –contestó ella, temblando.

Algo en su tono de voz presagiaba malas noticias. Aguardó completamente inmóvil.

–Te vas a enfadar muchísimo pero... Estoy embarazada.

Capítulo 8

MATT se quedó paralizado. Se preguntó si habría oído mal, pero se fijó en su cara y decidió que no era el caso. Tess estaba palidísima, con el cuerpo rígido como un trozo de madera. ¿Enfadarse? ¿Pensaba que iba a enfadarse? Se había quedado muy pero que muy corta.

–No puede ser –afirmó sin rodeos haciéndola estremecer.

–Sé que te cuesta creerlo, pero así es. Me he hecho una prueba esta mañana; en realidad me he hecho más de una.

Su cerebro, normalmente despierto, estaba bloqueado. Nada lo había preparado para aquello.

–Usabas protección –le dijo, inexpresivo.

Con un brusco movimiento que la tomó por sorpresa, Matt saltó de la silla y se dirigió hacia la ventana. Por una vez, su gracia natural lo había abandonado.

–Si esto es una treta para sacarme dinero, olvídate.

Comenzó a recorrer la oficina de un lado a otro. No podía estarse quieto. Aquello no podía estar ocurriendo.

–¿Por qué iba a hacer una cosa así?

–Porque no has aceptado nuestra ruptura y quieres llevarte algo más que unos buenos recuerdos. ¡Sabes que tengo una fortuna!

–¿Cómo puedes decir eso? –preguntó Tess, desesperada–. ¿Desde cuándo me ha importado a mí el dinero? ¡Nunca hubiera provocado una cosa así!

Tenía razón. Su rostro reflejaba una dolorosa sinceridad. Le gustara o no, estaba diciendo la verdad. Ella llevaba a su hijo en su seno y aquello era algo con lo que no le quedaba más remedio que lidiar. Por más que buscara alguna otra explicación, ya había comenzado a aceptar la verdad de lo que acababan de anunciarle.

Pero todavía quedaban muchas preguntas por responder, muchas dudas razonables por resolver. Ella lo había embrujado, le había hecho comportarse de una manera impropia de él. Era cierto que se lo habían pasado bien. Ella le hacía reír y relajarse como ninguna otra mujer había hecho nunca. ¿Pero era eso suficiente a la hora de la verdad?

Hacía tan solo dos meses que la conocía. Y quién lo iba a decir, después de haberle asegurado que estaba protegida aparecía ante él embarazada, sabiendo de sobra que tenía el futuro resuelto. ¿Acaso no era sospechoso?

Matt era suspicaz por naturaleza; era su manera de protegerse. Y no iba a cambiar ahora por que viera el brillo de unas lágrimas en sus ojos. Sacó una caja de pañuelos de papel del cajón y se lo tendió con una frialdad que hizo que Tess sintiera escalofríos.

–Está bien. Explícate.

–La primera vez...

Matt frunció el ceño al recordar.

–Si no recuerdo mal, me aseguraste que...

–¡Sí, sé lo que dije! –le interrumpió Tess acaloradamente–. Mentí, lo reconozco.

Matt descolgó el auricular del teléfono para decirle a su secretaria en voz muy baja que no quería que lo molestaran. Mientras, ella trataba de poner orden en sus pensamientos.

–Eso que he dicho ha sonado muy mal –continuó tan pronto como colgó el teléfono. Tomó un pañuelo de la caja y comenzó a partirlo en pedacitos con dedos nerviosos–. No mentí exactamente; más bien no te dije toda la verdad. Cuando me preguntaste si estaba tomando anticonceptivos, yo estaba tan excitada que no quería parar.

Matt regresó mentalmente a la noche en que habían hecho el amor por primera vez. Nunca había estado tan excitado. Solo el pensar sobre ello ahora... Pero no, no iba a permitir que fuera su cuerpo el que lidiara con la situación. No le importaba lo excitada que hubiera estado Tess. Había mentido deliberadamente, corrido un riesgo cuyas consecuencias podían cambiar sus vidas.

–Así que me dejaste seguir. Te arriesgaste a quedar embarazada por un momento de pasión. Tiraste tu virginidad por la borda y jugaste con nuestras vidas solo porque no pudiste contenerte.

–No tiré mi virginidad por la borda; la ofrecí. Te la di a ti porque quise, porque fuiste el primer hombre que me hizo sentir así. Siempre he tenido un ciclo muy regular y pensé que no habría consecuencias.

–Me halaga que te sintieras tan excitada que no pudieras contenerte, pero comprenderás que sospeche que tenías motivos más prosaicos para acostarte conmigo.

Tess lo miró sumida en un mar de confusión. Él la intimidaba; era un extraño frío y distante que había destrozado el frágil puente que antaño los había mantenido unidos. Le había partido en dos el corazón.

–Acepto que estuvieras excitada. Pero, ya que tenías que perder la virginidad con alguien, ¿por qué no hacerlo con un hombre rico? Si no recuerdo mal, te di varias veces la oportunidad de echarte atrás, pero no quisiste desaprovechar la oportunidad. Puede que, inconscientemente, no te importara jugar con el destino, pues quedarte embarazada podría ser un negocio muy rentable...

Tess se ruborizó de rabia.

–¿Un negocio rentable? ¿Crees que yo quería quedarme embarazada? ¿Que yo quería tener un hijo con veintitrés años, justo cuando comenzaba a ver claro lo que quería hacer con mi vida? Pensaba hacerme profesora y trabajar con niños, pues me ha encantado hacerlo con Sam. Tenía planeado volver a estudiar y obtener el título que debería haber sacado hace años. ¿De verdad crees que iba a querer tirar todo eso por la borda?

Se puso en pie, temblando. No debería haber ido. Había destrozado la cómoda y maravillosa vida de Matt. Tendría que haber regresado a Irlanda sin contarle lo del embarazo. Lamentó haber tenido una aventura con él; debería haber tenido en cuenta la parafernalia que lo rodeaba y reconocer que ella no estaba, ni estaría nunca, a su nivel.

–Me voy –murmuró tratando desesperadamente de conservar la compostura–. Pensé que debías saberlo, y ahora ya lo sabes.

Comenzó a caminar hacia la puerta. No llegó muy lejos, tan solo dio dos pasos. Matt interpuso, amenazador, su metro noventa de estatura entre ella y la puerta.

–¿Que te vas? Dime que estás de broma.

–¿Queda algo más por decir?

Matt la miró como si se hubiera vuelto loca.

–Me sueltas una bomba como esta ¿y crees que no queda más por decir? ¿De qué planeta vienes?

–No tienes por qué ser cruel y sarcástico. Yo estoy tan petrificada como tú.

Matt se pasó los dedos por el pelo y sacudió la cabeza, tratando de recuperar el autocontrol. Estaba conmocionado. ¿Se había sentido así el día en que Catrina le anunció que estaba embarazada de Samantha? Entonces él era mucho más joven y estaba dispuesto a portarse como un caballero. Había aprendido muchas lecciones desde aquellos días de juventud. Había construido murallas en torno a sí mismo que le habían resultado muy útiles.

Ahora se encontraba con un problema que, le gustara o no, tenía que abordar. Pero todos los problemas tienen su solución, y lanzar acusaciones a la que mujer que iba a ser madre de su hijo no los llevaría a ningún sitio.

Se preguntó si no se habría excedido al acusarla de tener motivos ocultos. Con ello había conseguido que Tess lo mirara, con los ojos llenos de lágrimas, como si fuera un monstruo, cuando en realidad había reaccionado como lo hubiera hecho cualquier hombre soltero de su posición en las mismas circunstancias.

Sintió unos ligeros remordimientos, pero desechó esa debilidad momentánea.

–No estoy cómodo manteniendo esta conversación aquí.

–¿Qué más da donde la tengamos?

Tess no quería ir a su apartamento, ni tampoco al de Claire. Para empezar, Claire no tenía ni idea de lo que estaba sucediendo. Estaba trabajando en un proyecto en Brooklyn, pero ¿qué pasaría si volviera a casa inesperadamente y los encontrara allí?

Tess sabía que todo saldría a la luz tarde o temprano, pero en aquel momento no se sentía preparada para lidiar con más de una situación horrenda a la vez. Carecía de la fuerza psicológica para ello. Le resultaba más fácil estar en un lugar público y neutral.

–Este es mi lugar de trabajo –dijo Matt mientras iba a buscar su chaqueta, dando por hecho que ella lo seguiría–. Le he dicho a mi secretaria que no me moleste y que va a tener que cancelar muchas reuniones. Antes o después entrará en el despacho a pedirme explicaciones y la falta de una respuesta satisfactoria despertará su curiosidad. Francamente, preferiría que la gente no hiciera elucubraciones sobre mi vida privada.

–¿Qué le vas a decir? –preguntó Tess admitiendo a regañadientes que en ese aspecto llevaba razón. Matt era un hombre muy celoso de su intimidad–. No quiero ir ni al apartamento de Claire ni al tuyo.

–¿Por qué no?

Matt se quedó mirándola con los ojos entornados y Tess sintió una oleada de calor. Sola con él... No quería poner a prueba su autocontrol; sabía lo débil que podía llegar a ser en su presencia. Tenía que desarrollar inmunidad hacia él y los espacios cerrados eran el peor lugar para empezar a hacerlo. Si consideraba a Matt una enfermedad y enamorarse de él un virus terrible que había invadido su sistema, la separación física era el primer paso para curarse.

–¿Me tienes miedo de repente? –preguntó–. ¿Qué crees que voy a hacerte?

Tess pensó avergonzada que el peligro residía precisamente en desear que él le hiciera algo. Decidió aprovechar la pregunta a su favor. ¿No la había acusado él de cosas terribles? En ese caso, ¿por qué no iba a acusarle ella de otras cuantas?

–No lo sé –respondió ella con voz temblorosa–. Me has insultado. Has venido a decir que lo planeé todo, que corrí riesgos porque quería atraparte. Me has amedrentado. Por supuesto que no quiero estar cerca de ti, a menos que haya otras personas alrededor.

–¿Temes que te haga daño físico?

–No, por supuesto que no.

Él adoptó una expresión grave.

–Jamás en mi vida le he puesto la mano encima a una mujer, fuera cual fuera la provocación. La sola idea me repugna.

–Estoy cansada –murmuró Tess débilmente–. Quizá deberíamos consultarlo con la almohada y hablar mañana. O pasado, incluso.

Matt no se molestó en honrar sus tácticas dilatorias con una respuesta. Nunca había sido partidario de aplazar las decisiones. Su experiencia le decía que si uno no se enfrentaba a los problemas en el momento, estos no solo no desaparecían, sino que se descontrolaban.

–Espérame en el ascensor –le ordenó–. Tengo que reorganizar mi agenda.

–Matt, de verdad. No hay necesidad de que pierdas todo el día. Deja que me vaya a casa. Podemos hablar del tema cuando los dos lo hayamos asimilado y estemos más serenos.

–Estoy perfectamente sereno. De hecho, no podía estarlo más, dadas las circunstancias.

No mentía. Comenzaba a despejársele la mente y se le había ocurrido una solución. Era la solución ineludible y ya había empezado a aceptarla. Se iba a poner a la altura de las circunstancias, lo que le hacía sentirse orgulloso. Tess iba a descubrir muy pronto que era un hombre que asumía responsabilidades, aunque estas se derivaran de algo que escapaba de su control. Extrañamente, no se sentía tan acorralado como cabía esperar.

Tess lo miraba, impotente. Era terco como una mula.

–Entonces iremos a una cafetería. O nos sentaremos en un banco de la calle.

Ella dio un pequeño suspiro de resignación mientras él se ponía la chaqueta, apagaba el ordenador y se preparaba para abordar una de las conversaciones más trascendentales de su vida.

Se reunió con ella cinco minutos después. Estaba sereno, impasible; se le daba estupendamente ocultar sus sentimientos. Su actuación, mientras bajaban en el ascensor, era de premio.

Le dijo que a dos manzanas de allí había una cafetería relativamente tranquila a esa hora del día.

Cuando le preguntó qué le había contado a su secretaria Matt respondió, encogiéndose de hombros, que le había insinuado que habían surgido problemas con la nueva niñera. La conversación no duró más de treinta segundos; no pagaba a su secretaria para que hiciera preguntas indiscretas.

Mientras se abría la puerta del ascensor Tess pensó que cualquiera que escuchara su conversación, cortés e impersonal, pensaría que todo marchaba perfectamente en su vida. Matt continuó hablando mientras se dirigían a la cafetería.

No creía haber reaccionado de forma exagerada pero la había asustado, y eso le incomodaba. Que ella le dijera con los ojos como platos que no quería estar con él a solas le había dejado estupefacto. Era importante tranquilizarla. Y hablar de trivialidades mientras recorrían la corta distancia que los separaba de la cafetería era un primer paso en ese sentido.

Una vez allí la sentó a una mesa apartada de la ventana y de cualquier posible distracción y pidió algo para beber y comer. Cuando apareció con dos cafés con leche y un surtido de bollos, Tess lo miró ruborizada.

–Si te soy sincera, le he tomado manía la café –confesó–. Y a la comida en general. Las náuseas me duran prácticamente todo el día.

Los ojos de Matt se deslizaron hasta su estómago, todavía plano. ¡Un hijo! En contraste con el Matt de diez años antes, el actual contemplaba la idea de ser padre con extraño placer, a pesar de los problemas que entrañaba. Había madurado considerablemente.

–Puedo pedirte otra cosa. Dime qué te apetece.

–De pronto estás muy agradable. ¿Por qué?

Matt se sentó y se sirvió un bollito de canela.

–Si piensas que he reaccionado exageradamente te pido disculpas, pero es que estoy muy impresionado. Siempre he sido muy cuidadoso para evitar este tipo de accidentes.

Tess se sintió avergonzada. Para desgracia de él, el accidente había ocurrido con una mujer que no estaba destinada a formar parte permanente de su vida. Puede que no hubiera acabado junto a Vicky, pero no se lo imaginaba acusándola de planear un embarazo para conseguir su dinero.

–No obstante –continuó Matt–, no tiene sentido lamentarse. Tenemos un problema, y los problemas siempre tienen solución. ¿Le has hablado a alguien de tu situación?

–¡Acabo de enterarme!

Claire no tenía ni idea de lo que estaba sucediendo. Se iba a quedar horrorizada. Tess se estremecía solo de pensarlo. Cuando pensaba en sus padres se le quedaba la mente en blanco. Además, había tantas cuestiones prácticas que considerar que no sabía por dónde empezar. Y ahí estaba él, tan pancho, hablando de soluciones como si se tratara de dar respuesta a un acertijo matemático.

—Bueno, tarde o temprano, eso va a cambiar. Para empezar, vas a tener que contárselo a tus padres.

—Sí, me hago cargo.

—¿Cómo crees que reaccionarán?

—No lo he pensado todavía.

—Y luego está la cuestión del dinero.

La observó atentamente, pero ella parecía seguir dándole vueltas a la cuestión de cómo darle la noticia a sus padres. Sabía que estaba muy unida a ellos.

—Afortunadamente para ti, pienso asumir completamente mi responsabilidad. Creo que ya sabes a qué me refiero.

Matt, que se había terminado el bollito de canela, se quedó mirándola en silencio hasta asegurarse de que ella le estaba prestando toda su atención.

—Tenemos que casarnos. No hay otra opción.

Se quedó aguardando muestras de alivio y gratitud. Ahora que había anunciado su propuesta le pareció que la situación podía ser peor. Su relación había terminado prematuramente porque ella le había dado un ultimátum, porque el tiempo no había estado de su parte. Ciertamente Tess no era su mujer ideal, al menos en teoría. Pero estaba dispuesto a abordar la situación con ojos nuevos. No se le podía acusar de no tener la capacidad de dar con la solución más adecuada a un problema espinoso.

Las muestras de alivio y gratitud tardaban en llegar y Matt frunció el ceño.

—¿Y bien? Vamos a tener que darnos prisa. Se lo

diré a mis padres y podremos empezar a organizar la boda. Será un acontecimiento íntimo; supongo que estarás de acuerdo.

–¿Me estás pidiendo que me case contigo?

–¿Se te ocurre una solución mejor?

Matt estaba convencido de una cosa: él era el caballero andante y ella, la damisela en apuros. A pesar de que nunca había sido muy dado a ese tipo de fantasías, una cálida sensación de bienestar se extendió por todo su cuerpo.

Los ojos de Tess resplandecieron y él sacó su impoluto pañuelo.

–Eso es lo que he estado soñando toda mi vida –dijo Tess con amargura–. No voy a abochornarte en público echándome a llorar, así que puedes quedarte con el pañuelo. Toda mi vida he soñado con que un hombre me pida en matrimonio porque no le queda más remedio. ¿Qué chica no soñaría con eso? Es estupendo saber que el hombre es lo suficientemente decente como para casarse con ella porque está embarazada, aunque no solo no la ama, sino que en algún momento deseó perderla de vista.

Matt se quedó sin habla durante unos segundos. Era la segunda vez que le ocurría aquel día.

–Además –continuó–, ¿no has aprendido nada de tus errores pasados?

–Me estoy perdiendo. Mejor dicho: me he perdido. No conozco a ninguna mujer que no estaría dando saltos de alegría en tu situación. No solo no me desentiendo del problema, sino que te ofrezco una solución. Vas a tener un hijo mío, tanto él como tú estaréis protegidos, nunca os faltará nada en la vida. ¿De qué lecciones me hablas?

–¡Me refería a tu exmujer, Matt! Catrina, ¿la recuerdas?

–¿Qué pasa con ella?

–Te casaste con ella porque se quedó embarazada. Lo hiciste porque te sentiste responsable y fue un error.

–Me casé con ella porque era joven y estúpido. Su estado no tuvo nada que ver.

–Mira... Entiendo que quieras hacer lo correcto, pero casarse no es lo más adecuado.

–¿Me estás diciendo que darle a un niño un hogar estable no es importante?

–Sabes que no es eso lo que quiero decir –protestó Tess, frustrada–. ¡Por supuesto que es importante! Pero dos personas que viven bajo el mismo techo porque se sienten obligadas a hacerlo no forman necesariamente un hogar estable, sino uno basado en la amargura y el resentimiento. No deberíamos sacrificar nuestras vidas y la posibilidad de alcanzar la verdadera felicidad solo porque yo esté embarazada.

A Matt le costaba creer que lo estuviera rechazando, pero así era. Pocos días antes se había mostrado desesperada por continuar con la relación y ahora que él le ofrecía la oportunidad se la arrojaba a la cara como si se tratara de un insulto. Le resultaba muy difícil de entender.

–No te estás comportando de manera lógica.

–Demuestro tener una lógica increíble. No me voy a casar contigo, Matt. Yo quería que nos siguiéramos viendo, y me habría quedado aquí más tiempo si tú hubieras querido, pero he tenido tiempo de reflexionar y tenías razón. No habría funcionado. No estamos hechos el uno para el otro, y eso no va a cambiar solo porque yo haya cometido un error y me haya quedado embarazada.

Matt sintió que el suelo temblaba bajo sus pies.

–No vas a regresar a Irlanda –anunció con brutal certidumbre–. Si crees que vas a buscar la felicidad al otro lado del Atlántico ya puedes ir cambiando de planes.

Se la imaginó tratando de encontrar la felicidad verdadera con uno de esos hombres sensibles por los que decía sentirse atraída y la idea le puso furioso. Pero no estaba dispuesto a enfrascarse en una discusión. Reconoció a regañadientes que se hallaba en una situación vulnerable. Desde el momento en que se le ocurrió la solución había esperado que ella la aceptara sin más.

–Me imagino que tendremos que hablar de temas prácticos –dijo ella con cansancio.

Matt meneó la cabeza con la impaciencia de un hombre que trata de apartar algo irritante y persistente.

–Nunca te impediría ver a tu hijo –continuó, cortés–. Sé lo mal que lo pasaste con Samantha.

–¿Qué sugieres entonces?

Matt no era un hombre que diera su brazo a torcer, pero comprendió que en ese momento no le quedaba más remedio que llegar a un acuerdo. Por lo menos hasta que pudiera convencerla de que adoptara su punto de vista. Para él legitimar su relación era lo más lógico, pero sabía que tenía mucho camino por recorrer. La había dado de lado y ella no iba a olvidarlo fácilmente, por más que las circunstancias hubieran cambiado irrevocablemente.

Ignoró lo que ella había dicho sobre su falta de compatibilidad. A Tess parecía habérsele olvidado lo compatibles que habían sido, y no solo en la cama.

Debería dejar de fijarse en las desventajas y centrarse en lo positivo, como hacía él. Estaba dispuesto a hacer todos los sacrificios que hicieran falta. ¿Por qué ella no?

—Podría quedarme en Manhattan...

—Eso por supuesto.

—Vivir con Claire hasta encontrar un piso y un trabajo.

—¿Pero no has oído lo que he dicho? —preguntó Matt, incrédulo—. Tú no vas a trabajar; no tendrás necesidad. Ni tampoco vivirás con tu hermana. Si estás decidida a no aceptar mi propuesta, encontraremos un lugar adecuado para vivir. Cerca de mí, muy cerca —sentenció con el entrecejo fruncido, todavía contrariado por la manera en que sus planes se habían desbaratado.

—En cuanto a mi trabajo, sé que quieres contribuir económicamente, pero no pienses que yo formo parte del paquete.

—¿Por qué insistes en ponerme las cosas difíciles?

—No lo hago, Matt. Me has acusado de tener motivos ocultos para acostarme contigo.

Tembló al recordar la falsa acusación.

—Lo siento. Soy de naturaleza suspicaz, entiéndelo. Simplemente dije que podía ser una posibilidad.

—No hace falta que te retractes ahora —le dijo Tess con frialdad—. Dijiste lo que dijiste en el calor del momento, pero te salió del alma. No me apetece la idea de vivir de ti, y no lo haré.

—La mayoría de las mujeres matarían por lo que te estoy ofreciendo —replicó él con irritación.

—Yo no soy la mayoría de las mujeres; no me metas en el mismo saco que a todas las demás.

—¿En qué piensas trabajar?

–Quiero ser profesora, ya te lo he dicho. Voy a informarme de lo que tengo que hacer.

Matt resolvió en ese momento que se haría lo que él considerara adecuado. No iba a tolerar que su hijo se criara solo mientras Tess se largaba a enseñar a los niños de otras personas. Ella debía estar con los suyos, atizando el fuego del hogar, cuidando de Samantha... La imagen era reconfortante. Seductora, incluso.

–Estoy cansadísima –intervino ella poniéndose en pie–. Lo creas o no, para mí ha sido muy estresante también, y tengo que pensar en muchas cosas. Así que si no te importa, me marcho a casa. Me pondré en contacto contigo mañana.

¡Le estaba dejando plantado! Había perdido completamente el control y, por primera vez, no le quedaba más remedio que apretar los dientes y aceptarlo.

–¿A qué hora? Puedo enviar a Stanton a buscarte. Podemos almorzar juntos. Cenar, si lo prefieres. Tenemos que hablar de muchas cosas...

–Ya te diré... –respondió vagamente. Tenía que pensar en muchas cosas. ¿Estaba haciendo lo correcto? Le había propuesto matrimonio. ¿Era justo para el bebé que crecía en su interior rechazar su oferta? Sentía que su cabeza estaba a punto de estallar.

Ambos necesitaban espacio para pensar y Tess no estaba dispuesta a que él dispusiera las cosas a su antojo. Era una carretera peligrosa que ya conocía. Matt Strickland no la amaba, nunca la había amado y nunca lo haría. El nacimiento del niño no iba a cambiar eso. ¿Y cómo iba a casarse con él si no había amor? Esta idea le dio fuerzas.

–Pasado mañana, quizás –se corrigió–. Quedaremos para hablar del asunto como adultos y empezaremos a solucionar los detalles prácticos. Esto es algo que le ocurre a muchísima gente. No somos los únicos. Podemos aceptarlo y seguir adelante con nuestras vidas.

Capítulo 9

TESS regresó al apartamento de su hermana para descubrir que en la vida nada funciona de acuerdo a lo planeado. El contestador automático parpadeaba furiosamente. Había cinco mensajes, cuatro de su hermana y uno de su madre. Esta le decía, en una voz extrañamente forzada, su voz de contestador, que su padre había ingresado de urgencia en el hospital a causa de un ataque al corazón.

«Estamos seguros de que todo va bien. No hace falta que adelantes tu billete. Mary se está ocupando de todo; es una suerte tener un médico en la familia».

Los mensajes restantes eran de Claire, repitiendo lo que había dicho su madre e informándola de que estaba en el aeropuerto. Para cuando Tess escuchara el mensaje ella estaría ya en un avión rumbo a casa. Ponía fin al mensaje con un «¿Nunca contestas el teléfono móvil?».

Se había dejado el móvil cargando en la cocina. Tenía ocho llamadas perdidas y varios mensajes de texto.

Los pensamientos que la habían vuelto loca de camino al apartamento se vieron desplazados por el pánico. Su padre jamás se ponía enfermo. Que Tess supiera, ni siquiera tenía médico de cabecera asignado. Y si lo tenía, posiblemente solo lo habría visitado una vez en la vida. Si su madre había llegado a telefonear, es que se trataba de algo grave. Decidió tomar el siguiente vuelo.

Metió varias cosas en una maleta de mano y de camino al aeropuerto se dijo que salir del país un tiempo era lo mejor que podría pasarle. A miles de kilómetros de Manhattan encontraría la paz necesaria para pensar. En unos días, cuando estuviera segura de que su padre estaba mejor, telefonearía a Matt para quedar con él.

Poner distancia entre ellos le vendría bien, pues al verlo se habían visto confirmadas sus sospechas: Matt hacía estragos en su paz interior. En cuanto lo veía sentía algo parecido a una descarga eléctrica que la dejaba totalmente incapacitada.

Si dejaba de verlo durante unos días podría fortalecer sus defensas. Tenía que enfrentarse al desagradable hecho de que su vida iba a cambiar para siempre. No solo iba a crear un vínculo permanente con Matt, sino que estaría condenada a adaptarse a sus decisiones en los años venideros. Sería testigo desde la barrera de cómo salía con otras mujeres, compartía su vida con ellas, les presentaba a Samantha y a su propio hijo. Aunque él quisiera asumir responsabilidades, ella no podía permitir que hiciera un sacrificio que acabara destruyéndolos a los dos y convirtiendo lo que había entre ellos en una relación meramente funcional. Tendría que aprender a lidiar con ello.

Encontraría un empleo tras el nacimiento del bebé. No inmediatamente. Primero se informaría sobre centros de enseñanza y las cualificaciones necesarias. Comenzaría su carrera académica con optimismo. Con el tiempo, encontraría trabajo y un nuevo amor. Alguien más apropiado para ella.

Nada más aterrizar en Irlanda telefoneó a su madre quien, al igual que ella, tenía por costumbre olvidar el

móvil en la encimera de la cocina, en el dormitorio o
encima de la televisión, porque «si es importante, ya
llamarán al fijo». No hubo respuesta.

Exhausta tras el largo vuelo y recibida por una Irlanda húmeda, sin encanto y mucho menos vibrante
que el excitante Nueva York, tomó un taxi a casa.

El bullicio de la ciudad quedó atrás mientras el vehículo serpenteaba por la autopista y avanzaba después pesadamente por las estrechas calles de los pue-
blos de la campiña. Parecía que el taxista tuviera todo
el tiempo del mundo. Hablaba sin parar, y Tess asentía
distraída mientras sus pensamientos vagaban como
desechos arrojados al mar. Se imaginó a su padre ya-
ciendo, vulnerable y con el rostro grisáceo, en una
cama de hospital. Mary sabría exactamente qué estaba
ocurriendo y le daría una visión más realista que su
madre o Claire. La idea de que su padre estuviera gravemente enfermo le provocaba sudores. Pensó en su
problema y decidió que aunque iba a ver a toda su familia no diría ni una palabra de su estado. Tendría que
esperar a que las cosas se calmaran para dar la noticia.
Lo último que necesitaban sus padres era más estrés.
Quizá debería esperar a regresar a Manhattan. Esperó
que su madre no diera por hecho que venía para quedarse.

Aquello suponía una posible complicación en la
que no quería pensar en ese momento. Su vida anterior parecía muy sencilla en comparación pero, mientras paseaba la mirada por el pueblecito en el que hasta
hacía poco había vivido con sus padres, se preguntó
por qué había tardado tanto en abandonar el nido.
Todo parecía tan pequeño, tan inmóvil. Pasaron por el
centro comunitario, las tiendas, el cine. A pocos kilómetros había una ciudad algo más grande a la que

siempre iba cuando salía con sus amigos, pero también le pareció plácida y pueblerina en comparación con la energía de Manhattan.

No había nadie en casa cuando llegó, pero había objetos de sus habitantes desperdigados por doquier. La chaqueta de Mary colgaba del pasamanos de la escalera. La maleta de Claire yacía medio abierta en el recibidor. La inmediatez de la situación le puso un nudo en la garganta y, durante unos minutos, se olvidó de Matt.

Las horas siguientes transcurrieron en medio de un torbellino de actividad. Tess se sentía profundamente cansada, pero su cuerpo seguía funcionando por inercia. Se puso en contacto con Claire, llevó a su madre en coche al hospital, lo cual se le hizo raro, tan acostumbrada estaba al transporte público, los taxis y el chófer privado de Matt.

—Se quejaba de que no podía respirar bien —murmuró su madre—. El muy tonto...

Sus ojos se humedecieron, pero hizo de tripas corazón y parpadeó varias veces para mantener las lágrimas a raya.

—Nunca ha estado enfermo y no quería que llamara al médico. ¡Menos mal que no le hice caso! Dicen que ha sido un susto nada más, que se va a poner bien. Pero tendrá que renunciar a algunas de sus comidas favoritas y eso no le va a gustar. Ya conoces a tu padre.

El cansancio le sobrevino tarde. Tras charlar con su madre y sus hermanas en la cocina, se duchó, se puso el pijama y se metió en la cama, donde se sumió en un profundo sueño.

Los tres días siguientes fueron similares. Volvió a la rutina de dormir en su antiguo dormitorio, compartir baño con Mary y Claire y discutir con ellas por el tiempo que pasaba cada una arreglándose. Su padre mejoraba poco a poco y había empezado a quejarse de la comida de hospital, lo cual era buena señal.

Tras el caos reconfortante del hogar Tess se sentía acechada por la presencia oscura de Matt y el apremiante asunto al que tenían que enfrentarse. Pero cada vez que hacía amago de descolgar el teléfono le temblaba la mano y comenzaba a sudar, por lo que decidía posponer la conversación para otro momento.

Al segundo día él comenzó a dejar mensajes en su móvil. Tess decidió esperar al fin de semana para ponerse en contacto con él. Para entonces habrían pasado cinco días sin hablarse.

Mary iba a regresar a Londres y Claire viajaría con ella pues Tom venía a conocer el país e incluso a sus padres si su progenitor estaba lo suficientemente recuperado. Ya había enviado su renuncia laboral por correo electrónico y no parecía lamentar la pérdida de su trabajo de ejecutiva en Manhattan, pues Tom había sido transferido a Londres. La recuperación de su padre y las emocionantes noticias de Claire permitieron a Tess recogerse y rumiar sus preocupaciones en paz.

Era eso precisamente lo que estaba haciendo en su dormitorio, donde una vieja y pequeña televisión susurraba la noticia de una inundación en Cornwall, cuando sonó su teléfono móvil. El número aparecía oculto.

Matt, frustrado a más no poder, había adquirido un nuevo teléfono con otro número, pues tras varios días intentando sin éxito dar con ella no se le ocurría otra manera de reestablecer el contacto.

Había estado a punto de telefonear a la hermana, ¿pero qué excusa podía darle? Tess había dejado muy claro que daría la noticia a su familia cuando estuviera preparada.

Su estado de ánimo había pasado de malo a pésimo en el espacio de tres días. No podía quitársela de la cabeza y había empezado a preocuparse. ¿Y si se había puesto enferma? ¿O había tenido un accidente? ¿Estaría en una cama de hospital, incapaz de ponerse en contacto?

La corriente de angustia que le recorrió al considerar esa posibilidad le sorprendió, pero se dijo que era lo normal dado su estado. Le agobiaba la idea de que Tess enfermara y no pudiera ponerse en contacto con él porque iba a ser la madre de su hijo.

Pero antes de comenzar a telefonear a los hospitales de la zona se le ocurrió la feliz idea de comprar un teléfono nuevo que tuviera un número irreconocible por si acaso ella estaba, simplemente, ignorando sus llamadas.

En el momento en que oyó su voz al otro lado de la línea se vio sacudido por un espasmo de cólera. Se dio cuenta de que estaba preocupadísimo por ella.

—Así que estás viva —dijo a modo de saludo.

Al otro lado del Atlántico, Tess se incorporó en la cama. El sonido de su voz era como un chute de adrenalina administrado por vía intravenosa.

—Matt... Tenía la intención de llamarte.

—¿De verdad? ¿Cuándo? —dijo pensando, iracundo, que era una suerte que Tess no estuviera lo suficientemente cerca como para estrangularla—. Por si no te habías dado cuenta te he llamado cientos de veces a lo largo de los últimos días. ¿Dónde demonios estás? ¡He ido a tu apartamento cuatro veces y nunca te encuentro!

—Necesitaba un poco de tiempo a solas.

Miró a su alrededor furtivamente, como si temiera que él se materializara allí como por arte de magia, tan apabullante era su personalidad incluso a miles de kilómetros de distancia.

—¡Estoy harto de oír hablar de lo que necesitas!

Era consciente de que tenía que cambiar el tono, pero aquella mujer despertaba en él una faceta que le resultaba difícil controlar. No había reaccionado así ni siquiera con Catrina en el punto álgido de sus problemas matrimoniales. Con su exmujer había buscado refugio en su trabajo, pero con Tess eso no funcionaba. Por más que lo intentara, le resultaba imposible concentrarse.

—¡Huir no es la solución! ¿Dónde estás?

—Estoy en...

Decidió no decirle la verdad por dos razones. La primera, el convencimiento de que confesar que había viajado a Irlanda sin molestarse en avisarle lo pondría aún más furioso de lo que parecía estar. La segunda, el hecho de que no podía decirle dónde estaba. Con su padre todavía convaleciente no podía arriesgarse a que pusiera en peligro su recuperación.

¿Cómo reaccionarían sus progenitores si Matt telefoneara a la casa y anunciara que estaba embarazada? Soltera y embarazada de un hombre que no iba a convertirse en su marido. Era una noticia que había que darles poco a poco y en el momento adecuado.

—Me he ido de Nueva York durante unos días. Sé que tenemos que hablar, y te llamaré en cuanto regrese.

—¿Dón-de-es-tás?

—Estoy en...

—Si no me lo dices —dijo con voz más serena— lo averiguaré yo mismo. Te sorprendería saber con cuánta rapidez consigo la información que me interesa.

—Ya te he dicho que...

–Sí, ya sé lo que me has dicho y he decidido ignorarlo.

–He vuelto a casa –se rindió–, a Irlanda. A mi padre lo han ingresado en el hospital y no me ha quedado más remedio que tomar el primer avión.

Matt hizo una pausa.

–¿En el hospital? ¿Qué le ha ocurrido?

–Un amago de infarto. Mira, siento mucho que...

–¿Está bien? –la interrumpió bruscamente.

–Recuperándose. Estamos mucho más tranquilos.

–¿Por qué no me lo dijiste desde un principio? Mejor dicho, ¿por qué no contestaste a una de mis quinientas llamadas para contármelo?

–Estaba muy preocupada y necesitaba espacio para pensar.

Campanas de alarma empezaron a sonar desde el otro lado del océano. Matt no tenía ninguna duda de que la reacción inicial de Tess al oír lo de su padre había sido tomar el primer vuelo a Irlanda. Aunque él se llevaba bien con sus padres, estos llevaban una vida bastante ajetreada e independiente. Tess, por su parte, estaba unidísima a su familia. Supuso que todavía no habría dado la noticia de su embarazo, dadas las circunstancias. ¿Pero por qué no había contestado a sus llamadas telefónicas ni las había devuelto?

En su opinión, espacio para pensar en su país, cerca de su familia solo podía significar una cosa: que deseaba encontrar la felicidad con otro hombre. En la cálida familiaridad de su propio entorno, ¿cuánto tardaría en plantearse la posibilidad de prescindir del estrés y la incertidumbre de Nueva York? No le cabía duda de que sus padres la ampararían cuando supieran lo de su embarazo. Puede que le echaran una pequeña reprimenda, pero se harían a la idea en seguida y le ofrecerían todo su apoyo.

Nueva York no tardaría en convertirse en un lejano recuerdo. Quizá se sentiría culpable por huir, pero no tardaría en recordar la manera tan negativa en que él había reaccionado al enterarse de la noticia, la insinuación de que lo había planeado todo con el fin de asegurarse su futuro. ¿Trataría de ver las cosas desde el punto de vista de él, de entender que su inquietud estaba plenamente justificada?

Matt se preguntó por enésima vez por qué Tess no sería una de tantísimas mujeres que habrían saltado de alegría ante la proposición de matrimonio y la seguridad económica de por vida que este traía consigo. Pero la idea de comparar a Tess con esas mujeres era ridícula.

–¿Cuándo exactamente piensas regresar?

Prestó atención a la ligera vacilación de su voz mientras ella mascullaba que lo haría en cuanto pudiera, si bien no podía dejar a su madre sola de momento. No ahora que Mary y Claire se habían marchado.

Unos minutos después, Matt puso fin a la conversación. Tenía muchas cosas que hacer: reuniones con clientes importantes, banqueros, abogados. Realizó una serie de llamadas para posponerlas.

A continuación telefoneó a su madre, que se encargaría de Samantha durante su ausencia. La niña acababa de empezar en el nuevo colegio y, aunque de momento parecía que todo marchaba sobre ruedas, Matt se quedaba más tranquilo sabiendo que cuando la niña regresara a casa después de las clases se encontraría con alguien preocupado por si hacía o no los deberes.

Luego llamó a Samantha, que tuvo que interrumpir una de sus clases y llegó al teléfono casi sin aliento.

En medio de aquel revuelo emocional, el tono de desilusión en la voz de la niña cuando le anunció que estaría fuera de la ciudad durante un par de días le hizo sentir mejor.

Una vez finalizadas todas las llamadas, Matt le pidió a su secretaria que reservara plaza en el primer vuelo a Irlanda.

Estaba planeándolo todo a la perfección, algo que se le daba de maravilla. Antes de salir de la oficina dejó instrucciones de que le enviaran por SMS los datos del vuelo y a continuación fue a su apartamento y metió unas pocas cosas en la maleta. Estaba poseído por la determinación.

No sabía si Tess habría huido en busca de espacio para pensar si no hubiera habido una emergencia, pero ahora que se había marchado del país no pensaba quedarse quieto preguntándose si tenía intención o no de regresar.

Tess Kelly era extremadamente imprevisible. Y en ese momento, las hormonas habían tomado posesión de su cuerpo. Bajo su influencia, era capaz de tomar decisiones irreflexivas.

Cuanto más lo pensaba, más convencido estaba de que su decisión de viajar a Irlanda era la correcta.

No tardó en encontrar la dirección de sus padres, que aparecía en el contrato de trabajo que firmó cuando empezó a trabajar para él. Ahora tenía que decidir si se iba a presentar en la casa sin avisar o si se ponía en contacto con ella previamente.

Teniendo en cuenta el estado de su padre, Matt decidió alojarse en un hotel de la zona y planear desde allí los pasos a seguir. Pero no tardó en descubrir que el pueblo, que era mucho más pequeño de lo que había imaginado, no tenía hotel.

–¿Dónde está el hotel más cercano? –preguntó impaciente al taxista, que parecía bastante satisfecho de haber llevado a su cliente a un lugar remoto.

–Depende de qué hotel esté buscando.

Fastidiado, Matt decidió arriesgarse y presentarse directamente en casa de Tess. Le tendió al taxista una hoja de papel en la que había garabateado la dirección. Si su decisión provocaba algún problema lidiaría con él con su aplomo habitual.

En cuestión de quince minutos el taxista se plantó frente a una casa victoriana precedida de un pulcro jardín.

El largo viaje, a pesar de haber sido en primera clase, lo había dejado exhausto, pero Matt estaba deseando llegar. Le daba la sensación de haber perdido el tiempo los últimos días, algo que no cuadraba con su estilo. Era de los que tomaba al toro por los cuernos. Estaba preparado para lidiar con cualquier asunto o persona, se dijo mientras apretaba el timbre de la entrada y aguardaba.

En ningún momento se le había ocurrido pensar que no hubiera nadie en casa, y el sonido de unos pasos apresurados confirmó su suposición.

Tess estaba disfrutando de unos anhelados momentos de paz y tranquilidad. Claire se había marchado hacía una hora y poco después su madre había salido para el hospital, dejando a Tess ordenando la casa, que llevaba sin arreglarse desde que el padre fue ingresado.

No se podía ni imaginar quién llamaba a la puerta. Estuvo a punto de no responder con la esperanza de que el visitante captara el mensaje y se marchara, pero no podía hacerlo.

Vestida con prendas de cuando era adolescente,

pantalones de chándal negros desteñidos y una camiseta vieja que debía haber tirado hacía mucho tiempo, abrió la puerta. Por un lado deseó haber ignorado el timbre, pero durante unos emocionantes segundos se quedó de piedra, sin creer lo que veían sus ojos.

La presencia de Matt era imponente. Su dramática figura contrastaba con el telón de fondo del tranquilo y bucólico paisaje irlandés.

–Pareces sorprendida de verme.

Permaneció en el umbral mirándola. Tenía el cabello medio recogido en una coleta y la ropa que llevaba había visto días mejores, pero aun así tuvo que hacer un esfuerzo por mantener las manos quietas. Siempre podía determinar si se había puesto o no sujetador, y en aquel momento no lo llevaba. Adivinó la protuberancia de sus pechos, cuyos pezones se proyectaban, como diminutos montículos, contra el tejido suave de la camiseta.

–¿Estás sola? –preguntó al constatar que ella no hacía nada por romper el silencio–. No quería agobiarte, Tess, pero he creído mejor venir aquí en lugar de esperar a que regreses a América.

–¡No le he contado lo nuestro a nadie! Ahora mismo no hay nadie en casa, pero si hubieras venido hace dos horas habría sido un desastre.

–No lo creo –espetó él, impaciente–. Tarde o temprano todo el mundo se va a enterar, y agachar la cabeza pretendiendo que ese momento no va a llegar no soluciona nada. ¿Me vas a invitar a pasar?

Le tendió una bolsa de una de las tiendas *duty-free* del aeropuerto.

–Un libro para tu padre, el último de ese escritor que me dijiste que le gustaba; y un pañuelo para tu madre.

Tess se hizo a un lado y lo observó con cautela mientras cruzaba el recibidor. Fuera donde fuera, Matt dominaba el entorno que le rodeaba y Tess no podía apartar sus ojos de él. El hechizo se rompió cuando se fijó en la maleta de diseño que llevaba en la mano.

–¿Cuánto tiempo piensas quedarte? –preguntó, consternada.

–Hasta que estés lista para volver a América conmigo.

–¿Me estás diciendo que has venido hasta aquí para llevarme de vuelta a Nueva York, como si fuera una niña pequeña que se ha escapado de casa?

Tess tenía ganas de pelea. Estaba irritada consigo misma, pues la excitación que la había invadido en el momento en que clavó sus ojos en él demostraba que todo el esfuerzo hecho durante los últimos días había sido en vano. ¿Por qué creía Matt que podía hacer lo que le viniera en gana? ¿Qué presagiaba eso para el futuro? ¿Estaría condenada a obedecerle siempre, así porque sí? Catrina, rica, bella y poderosa, había sido capaz de imponer sus propias condiciones, por injustas que estas fueran. Pero ella carecía de ese respaldo.

–Pues tendrás que quedarte más tiempo del que imaginas –replicó ella cruzándose de brazos–. Claire y Mary se han ido a Londres y alguien tiene que quedarse con mi madre hasta que mi padre regrese a casa o incluso más tiempo. Van a necesitar mucha ayuda.

–¿Y piensas quedarte aquí sin decirle a ninguno de los dos que estás embarazada? No puedo permitirlo.

–¿No puedes permitirlo? –Tess lo miró con incredulidad–. ¿Quién eres tú para decir lo que puedo o no puedo hacer?

–Eso ya lo hemos hablado –había hecho bien en ir a buscarla. Tess no tenía ninguna prisa por volver a

Nueva York–. No puedo permitirlo porque no estás en condiciones de encargarte de tareas domésticas pesadas. Me aseguraré de que alguien le echa una mano a tu madre.

–¡No vas a hacer nada de eso! –gritó Tess–. ¡Mi madre ni siquiera se va a enterar de que has estado aquí!

–¿Y cómo te las vas a arreglar para mantener mi presencia en secreto? ¿Vas a encerrarme en una habitación y a alimentarme a través de un agujerito de la puerta? Porque te advierto una cosa, esa va a ser la única manera de mantenerme alejado. No he venido hasta aquí para discutir.

–No, has venido para llevarme contigo.

«No te importo en absoluto», pensó furiosa. «De buena gana me habrías dado la espalda para siempre; ahora estás aquí, preocupadísimo por mi salud, pero solo porque llevo en mi seno a un hijo tuyo».

–Lo haré si no me queda más remedio –anunció Matt, implacable–. Mientras tanto, mi intención es quedarme hasta que conozca a tus padres y les diga lo que está pasando.

Tess se quedó lívida.

–No puedes. Mi padre no está bien.

–¿Qué crees que ocurrirá si le cuentas la verdad? Estoy cansado de discutir de esto contigo. Tienes veintitrés años, tienes una vida sexual activa y te has quedado embarazada. ¿Cuál de estas verdades crees que les va a sentar peor?

Tess se mordió el labio y miró para otro lado.

–Contéstame –la presionó él–. ¿Crees que se desmayarán del susto si les cuentas que has tenido una relación?

–No es lo de la relación.

Sabía perfectamente cuál iba a ser el problema para

sus padres, sus queridos y tradicionales padres, con sus costumbres anticuadas y sus códigos morales.

—Lo que les va a parecer mal es que me haya quedado embarazada, que vaya a ser madre soltera. Se van a quedar traumatizados, tienes que creerme.

—Yo me quedo, Tess. Y siempre puedes ahorrarles el disgusto de ser madre soltera, ya lo sabes. Piénsalo. Piensa en lo contentos que se pondrían si supieran que su hija embarazada va a casarse con el padre de su hijo...

Capítulo 10

TESS miró a Matt con incredulidad.

–Necesito sentarme –dijo con voz temblorosa.

Avanzó torpemente hacia el acogedor cuarto de estar y se desplomó en un mullido sofá.

Matt se paseaba de un lado a otro de la habitación, sin apenas fijarse en las fotografías enmarcadas, los adornos, todo aquello que atestiguaba una vida enriquecida por la presencia de niños pequeños. Su atención estaba centrada en Tess. Parecía pequeña y vulnerable en aquel sofá, pero Matt no iba a permitirse sentir lástima por ella.

Se había marchado a Irlanda sin contar con él, había ignorado sus llamadas y mensajes telefónicos y prácticamente había dado a entender que no tenía prisa por volver a Nueva York.

–Me estás haciendo chantaje –dijo mirándolo con ojos acusadores.

–Estoy dando solución a un problema. Tienes horror a decepcionar a tus padres, y yo te estoy demostrando que no hay razones para ello.

–Te he explicado una y mil veces por qué creo que es una mala idea.

–Sí, he oído todas tus razones –se sentó junto a ella en el sofá y Tess se apartó, incómoda, para evitar el contacto físico–. No ves la necesidad de que nos casemos solo porque hemos cometido un error. La vida

es demasiado corta para quedar atrapado en un matrimonio por razones equivocadas. Quieres desplegar tus
alas y encontrar a tu alma gemela.

–Estás tergiversando mis palabras.

–Dime en qué me equivoco. ¿En lo de quedar atrapada? ¿En lo del alma gemela? ¿Pensabas regresar a
Manhattan algún día? ¿O volviste aquí con buenas in-
tenciones, pero de pronto decidiste borrarme de tu
vida?

–¡Por supuesto que pensaba volver a Nueva York!
¡No soy una irresponsable! Quiero que te involucres
en la vida del niño.

–¡Eres totalmente irresponsable! –saltó él frunciendo el ceño–. Rechazas mi proposición de matrimonio. Te niegas a reconocer que un niño necesita a
los dos padres. Fuiste testigo del infierno por el que
tuve que pasar para ganarme la confianza de Samantha,
una confianza que debía de haber sido mía por derecho, pero que fue destruida por una exesposa vengati-
va.

–No puedo tolerar la idea de que tengas que aguan-
tarme a mí por un hijo.

Tess desafió la fuerza sofocante de su personalidad
para expresar su punto de vista. Pensó en sus padres
y en cómo reaccionarían ante la idea de que Tess vi-
viera en Nueva York, sola y sin ayuda. Su propia experiencia les decía que los niños debían nacer en un
hogar unido. ¿Cómo iban a entender que el amor y el
matrimonio no van de la mano necesariamente?

Demostraban tener sentido común cuando se trataba de juzgar a los demás, pero Tess tenía la terrible
sensación de que no serían tan comprensivos con su
propia hija.

El hecho de que Claire estuviera a punto de casarse

con el hombre de sus sueños haría que les resultarse más difícil de entender que Tess hubiera acabado en esa situación.

Matt le ofrecía una solución y durante unas décimas de segundo estuvo tentada de aceptarla. No era ideal, pero resolvería un montón de problemas. Se lamentó al pensar cómo sus cándidas y optimistas fantasías la habían llevado a la situación en la que ahora se hallaba.

Se había enamorado de él y albergado la esperanza de que el tiempo obrara el milagro de que él se enamorara también de ella. Pero no había ocurrido, y no le convenía olvidarlo.

Si se casaba con él tendría que aceptar la escalada gradual de su indiferencia. Tendría amantes, en secreto por aquello de mantener las apariencias, y ella perdería para siempre la posibilidad de encontrar a alguien que la amara de verdad.

—No trates de leerme el pensamiento, Tess.

—Te conozco.

—Estoy dispuesto a hacer sacrificios. ¿Por qué no haces tú lo mismo? Una vez fuiste feliz conmigo. Nos llevamos bien. Tus temores de que lo nuestro no funcione son ridículos.

—Si de verdad hubieras querido intentarlo me habrías pedido que me quedara. Podrías haberlo intentado entonces.

Matt vaciló.

—Es posible que cometiera un error.

—¿Un error? ¿Desde cuándo comete errores Matt Strickland? –preguntó ella provocándole una sonrisa que le dio un vuelco al corazón–. No lo digo como un cumplido. Es importante cometer errores, la gente aprende de ellos. Yo los cometí de pequeña y aprendí la lección.

—¿Crees que cometiste un error conmigo?

Tess se ruborizó.

—Si pudiera volver al pasado, yo...

—No es eso lo que te estoy preguntando. Lo que quiero saber es si crees que cometiste un error conmigo. No quiero que respondas basándote en hipótesis.

No se había aproximado a ella. Al contrario, estaba inclinado hacia atrás, mirándola con los ojos entornados y, sin embargo, parecía que la estaba tocando.

—Porque yo no creo haberlo cometido contigo. Creo que el error fue dejarte escapar.

De pronto, a Tess la habitación se le figuró más pequeña y le dio la sensación de que le faltaba aire.

—¡No te atrevas!

Se puso en pie y avanzó, temblorosa, hasta la ventana. Fuera, la vida transcurría plácidamente. El pulcro y cuidado jardín estaba cuajado de flores, pero Tess no era consciente del colorido paisaje de verano. Su corazón latía con tanta fuerza que casi podía oírlo.

Cuando se giró se lo encontró detrás, tan cerca de ella que tuvo que apoyarse en la repisa de la ventana. Su proximidad la sumió en un estado de pánico. Se fiaba de él. De quien no se fiaba era de ella misma.

—¿Que no me atreva a qué? ¿A acercarme a ti? ¿Por qué no?

Se metió las manos en los bolsillos pues sabía lo que era capaz de hacer si no. La tocaría, le remetería el rebelde mechón de pelo detrás de la oreja. Tess tenía los ojos muy abiertos, temerosos y a Matt le disgustaba verla así. Apretó los dientes y mantuvo las manos quietas.

—¿Por qué te resistes? —murmuró y sus mejillas adoptaron un tono oscuro.

–No sé de qué me hablas. Y no trates de minar mi confianza, sé lo que estás haciendo.

–Dímelo. ¿Qué estoy haciendo?

–Todo lo que te permita obtener lo que deseas –se oyó decir con una amargura impropia de ella–. Has venido aquí con la única intención de llevarme de vuelta a Nueva York, porque no te fías de mí. Siento no haberte llamado ni respondido a tus mensajes, pero necesitaba tiempo para pensar y además he estado preocupadísima por lo de mi padre. Sé que a ti eso te deja indiferente. Lo único que te importa es asegurarte de que yo estoy en mi sitio, y estás dispuesto a conseguirlo, aunque para ello tengas que hacerme chantaje. Sabes el disgusto que se llevarían mis padres, tal y como está la situación, si les dieras la noticia, pero estarías dispuesto a hacerlo si así consiguieras lo que quieres. ¿Y esperas que quiera comprometerme contigo, cuando todas tus acciones no hacen sino confirmar que eres un hombre duro, arrogante y egoísta? –Tess respiró hondo y se preparó para continuar su diatriba–. ¡Ni se te ocurra decirme que cometiste un error tirando por la borda lo nuestro! Eso es muy fácil decirlo ahora. ¿De verdad piensas que voy a creerte?

–Te estás alterando.

–No me estoy alterando. Me estás alterando tú.

–No quiero hacerlo; nunca he querido...

Haciendo un esfuerzo, Matt se apartó de ella y volvió a sentarse en el sofá. Como si se tratara de una escena cinematográfica a cámara lenta vio pasar ante sus ojos todos los errores que había cometido.

Se sintió atraído por ella, y sin pensárselo dos veces la sedujo hasta llevársela a la cama. Aceptó con toda naturalidad el regalo de su virginidad y luego, cuando ella sugirió quedarse en Nueva York, él salió corriendo en dirección contraria. Ante las sugerencias razonables de Tess, él había reaccionado alejándose de ella.

Para terminar de estropear las cosas, recibió la noticia de su embarazo con suspicacia, y había terminado por apartarla de él a base de insistir en lo que debía y no debía hacer.

¿Se había parado a considerar en algún momento lo que sentía ella?

Matt, que no estaba acostumbrado a cuestionar su capacidad para abordar situaciones difíciles, se vio sacudido por la constatación de que aquella se le había ido de las manos.

Puede que ella se echase a temblar en cuanto él se le acercaba, pero una respuesta física no era suficiente.

Tess lo miraba, ansiosa. Por primera vez su silencio no parecía ocultar nada. Ni siquiera la estaba mirando a ella. Su mirada estaba fija en un punto indeterminado del espacio y su expresión era inescrutable.

Tess se apartó de la ventana con paso vacilante y cuando llegó a su altura él alzó la mirada.

—Lo he fastidiado todo —anunció enterrando las manos en el pelo—. Ten por seguro que no voy a chantajearte para conseguir nada.

—¿De veras?

—Siéntate, por favor. No te lo ordeno; te lo pido.

Tess, sorprendida por su actitud afable, hasta entonces desconocida, se sentó en el borde del sofá, lista para ponerse en pie en cualquier momento, si bien en el fondo estaba deseando entrelazar sus manos con las de Matt. Tuvo que hacer un esfuerzo para resistir la tentación de hacer algo que llevara una sonrisa a sus labios, aunque fuera una sonrisa cargada de cinismo. Aquel Matt, tan distinto al habitual, la desconcertaba.

–¿Crees que estoy intentando aprovecharme de ti? Pues no es así.

Matt se sentía como si estuviera al borde de un precipicio, con los brazos extendidos, a punto de arrojarse al abismo con la esperanza de caer en la red de seguridad. También se sentía sereno, muy sereno.

–He hecho tantas cosas mal que no sé cómo empezar a explicarme. Entenderé perfectamente que no creas ni una palabra de lo que te digo. Empecé la relación por el sexo, así de simple. Salí escaldado de una relación y desde entonces organicé mi vida para asegurarme que no volviera a pasar. Todas las mujeres con las que me he relacionado desde Catrina eran como Vicky. Con ellas era fácil no involucrarse demasiado. Mis relaciones personales no eran más que una prolongación de mi vida laboral, pero con sexo.

Tess escuchaba con mucha atención conteniendo el aliento. Las murallas que protegían a Matt se estaban derrumbando y dejando expuesto a un Matt desnudo, vulnerable. Lo supo de manera instintiva y no quiso romper el hechizo. Cada una de las palabras que salían de su boca eran como maná para sus oídos.

–Debería haberme preguntado qué es lo que vi en ti cuando apareciste en mi vida, pero no lo hice. Siempre he tenido un control absoluto sobre mi vida personal, ¿cómo podía esperar que lo que tuvimos tú y yo sería diferente?

–¿Y lo fue? ¿Cómo de diferente? –Tess se aclaró la garganta y se puso colorada–. Es importante que... ya sabes... que lo digas todo.

–Gracias por dejarme hablar –murmuró él–. Muy diferente, para responder a tu pregunta. Me cambiaste como persona. Contigo hice muchas cosas por primera vez, aunque en su momento no me diera cuenta.

Me distraje en el trabajo por ti. Sí, asistía a reuniones, organizaba acuerdos, me trataba con abogados, banqueros, financieros..., pero por primera vez en mi vida me moría de ganas por volver al apartamento. Me convencí a mí mismo de que se debía a que mi relación con mi hija había comenzado por fin a tomar forma. Y así era, en parte. Pero también estabas tú. Tú hacías que me resultara fácil olvidarme del trabajo.

Tess esbozó una sonrisa de puro gozo, pues pasara lo que pasara a continuación, nada podría borrar el cálido placer que le proporcionaba su confesión. Como un niño en una juguetería, deseó que aquel momento no terminara nunca.

—Cuando me hablaste de continuar con la relación, reaccioné por costumbre e instinto. Ambos me aconsejaron que echara a correr y no me molesté en cuestionarlo. Una vez tomada la decisión, no quise replanteármela por orgullo. Pero no conseguí olvidarte. Era como si te hubieras quedado grabada en mi memoria para siempre. Fuera adonde fuera, tu imagen me seguía, recordándome a todas horas lo que había echado por la borda.

—Pero nunca me habrías dicho nada si yo no me hubiera plantado en tu oficina para decirte que estaba embarazada —intervino ella con tristeza.

—¿Eso crees? —Matt le sostuvo la mirada—. Me inclino a pensar que sí lo habría hecho. Estoy casi seguro de que estaría aquí y ahora, haciendo lo que estoy haciendo, aunque no me hubieras puesto fáciles las cosas quedándote embarazada.

—No lo planeé. Pero tú te pusiste furioso y me echaste la culpa.

—Nunca he recibido clases sobre enamoramiento.

¿Cómo iba a saber cómo debía reaccionar o qué debía decir?

—¿Enamoramiento?

La voz de Tess tembló, como lo hicieron sus manos al tomar las de Matt.

Él le acarició los dedos con el pulgar. Sus ojos la miraron, sinceros.

—Si alguna vez hubiera experimentado el verdadero amor habría reconocido sus síntomas. Pero no estaba preparado para encontrarte, Tess. Mirando atrás me doy cuenta de que Catrina no fue más que una expectativa que cumplí sin aplicarme demasiado. Tú llegaste de improviso. Irrumpiste en mi vida y la pusiste patas arriba. No he venido aquí para arrastrarte en contra de tu voluntad, y lamento haber dado esa impresión.

—¿Tú me quieres? —repitió ella, maravillada por cómo sonaban las palabras. Era demasiado bueno para ser verdad. Pero al mirarlo supo que todo lo que había dicho era verdad—. Yo también te quiero a ti. Me acosté contigo porque te amaba. Mi cabeza me decía que no debía quererte, pero tú también irrumpiste en mi vida y...

—Quiero casarme contigo, Tess. No porque vayamos a tener un hijo, sino porque mi vida no está completa si no estás en ella. Quiero irme a la cama contigo todas las noches, y despertarme cada mañana junto a ti.

Suspirando de satisfacción Tess avanzó de rodillas hacia su regazo y cerró los ojos, felizmente fundida en su abrazo y sintiendo sus dedos acariciándole suavemente el pelo.

—Nunca en mi vida he sido tan feliz —confesó—. Creo que voy a llorar.

—¿Te casarás conmigo cuanto antes? Sé que no querrás robarle protagonismo a tu hermana, pero no sé cuánto voy a ser capaz de esperar. Quiero ponerte una alianza en el dedo para que todos los demás hombres sepan que no pueden acercarse a ti sin permiso.

Tess se echó a reír en su hombro.

—¡Qué posesivo!

—Así soy yo —gruñó él— y no quiero que lo olvides jamás.

Por fin podía tocarla, sentir su maravilloso cuerpo, que se transformaría poco a poco a medida que fuera creciendo el bebé. Introdujo sus manos bajo la camiseta y gimió al acunar sus pechos. Acarició sus pezones y se excitó al notar que se endurecían, como siempre, bajo sus dedos.

—¿Qué posibilidades hay de que un miembro de tu familia me sorprenda haciéndote el amor? —preguntó en voz baja—. Porque de haberlas, vamos a tener que meternos rápidamente en tu dormitorio. Te amo, te quiero, te necesito... Es como si hubieran pasado años desde la última vez.

Hicieron el amor lenta y dulcemente en el piso de arriba, sobre su pequeña cama doble. Él acarició todo su cuerpo. Le besó los pechos, que se dilatarían a lo largo de los meses siguientes, y lamió sus pezones, que se volverían oscuros y henchidos. Cuando la cueva húmeda y resbaladiza de Tess lo acogió estuvo a punto de experimentar un orgasmo inmediato. Hacer el amor nunca le había resultado tan liberador, pero claro, era la primera vez que una mujer le hacía dar rienda suelta a sus sentimientos...

Se casaron menos de dos meses más tarde. Fue una ceremonia tranquila y romántica, en su iglesia de toda la vida. La familia y algunos amigos íntimos de Matt se desplazaron a Irlanda, y una exultante Samantha se convirtió en el centro de atención.

Tess nunca había dudado que sus padres aceptarían a Matt como un miembro más de la familia, y así fue. Lo que le sorprendió y emocionó fue que los padres de él la acogieran con la misma calidez. Quizá veían la devoción en el rostro de su hijo cada vez que la miraba y la emoción en la cara de su nieta ante la idea de que Tess se convirtiera en su madrastra.

Durante los meses siguientes se produjeron pequeños cambios. Siguieron viviendo en el apartamento de Matt, que estaba cerca del colegio de Samantha, pero adquirieron su propia casa de campo, donde pasaban casi todos los fines de semana. Tess no había abandonado el proyecto de hacerse profesora, pero había decidido tomarse las cosas con calma y dejarlo hasta después de que naciera el niño. Saber que contaba con el apoyo incondicional de Matt y Samantha la animaba muchísimo.

Tess nunca había creído que fuera posible ser tan feliz, y debió de transmitir su satisfacción al bebé, pues la pequeña Isobel llegó al mundo plácidamente. Fue una niña de casi cuatro kilos, mejillas sonrosadas, ojos verdes, pelo negro y buen carácter.

No podía por menos de sonreír cada vez que Matt le decía que había alcanzado lo que siempre había querido: estar rodeado por unas mujeres preciosas que habían conseguido, por fin, domesticarlo.

Los placeres sencillos a veces se complicaban

Nicholas Savas era alto, moreno y demasiado guapo como para poder confiar en él.

Para proteger a su alocada hermana pequeña de su magnetismo sexual, Edie se interpuso y fue ella quien cayó en sus redes.

A Nick le fascinó la desafiante y hermosa Edie, todo un reto y una tentación a la que conseguiría arrastrar desde el salón de baile hasta su dormitorio.

Pero una noche con Edie Tremayne no fue suficiente. Ni una, ni cien.

Una noche para el recuerdo

Anne McAllister

Acepte 2 de nuestras mejores novelas de amor GRATIS

¡Y reciba un regalo sorpresa!

Oferta especial de tiempo limitado

Rellene el cupón y envíelo a

Harlequin Reader Service®
3010 Walden Ave.
P.O. Box 1867
Buffalo, N.Y. 14240-1867

¡Si! Por favor, envíenme 2 novelas de amor de Harlequin (1 Bianca® y 1 Deseo®) gratis, más el regalo sorpresa. Luego remítanme 4 novelas nuevas todos los meses, las cuales recibiré mucho antes de que aparezcan en librerías, y factúrenme al bajo precio de $3,24 cada una, más $0,25 por envío e impuesto de ventas, si corresponde*. Este es el precio total, y es un ahorro de casi el 20% sobre el precio de portada. !Una oferta excelente! Entiendo que el hecho de aceptar estos libros y el regalo no me obliga en forma alguna a la compra de libros adicionales. Y también que puedo devolver cualquier envío y cancelar en cualquier momento. Aún si decido no comprar ningún otro libro de Harlequin, los 2 libros gratis y el regalo sorpresa son míos para siempre.

416 LBN DU7N

Nombre y apellido	(Por favor, letra de molde)
Dirección	Apartamento No.
Ciudad	Estado	Zona postal

Esta oferta se limita a un pedido por hogar y no está disponible para los subscriptores actuales de Deseo® y Bianca®.
*Los términos y precios quedan sujetos a cambios sin aviso previo.
Impuestos de ventas aplican en N.Y.

SPN-03

©2003 Harlequin Enterprises Limited